停下來的書店

夏琳

獻給我的家鄉——鹽埕埔。

目次

楔子——老人

晴朗初夏雨後，四處綠意盎然，不時有火車往來聲響，那是高雄往來屏東的縱貫線鐵道，再過幾年就要拆除改地下化（註1）；遠方青青稻葉懸掛一串串雨露，一排四戶連棟的兩層樓透天厝旁茉莉花正盛開，小白花一欉欉穿插在綠葉枝桿之間，散發迷人濃郁香氣，隨風飄香；其中一棟屋內窗簾掩蓋刺眼光芒，只有幾許絲絲光線偶爾隨微風輕輕撥動厚重布幔，茉莉花香氣悄然入室。

陳舊布幔窗簾內，隱約有個佝僂身影，一個灰白髮色老人並未被外頭清新綠意吸引，他彎曲著身子微微往前傾，蒼老枯瘦的手舉起遙控器往電視方向按了好一陣子，畫面總算是跳到ＮＨＫ，電視正在播放二〇二五年即將舉辦的大阪萬國博覽會宣傳，螢幕正回顧一九七〇年大阪萬國博覽會地標——太陽塔。

同一年，他也曾在太陽塔和她一起合影同遊，半世紀前那個無緣的初戀情人形象倏地鮮明浮現。她好嗎？二十年前狠下心不再相見，她是否和我一樣難過？

老人的眼睛視線從電視轉移至上方相框，停留在妻子年輕時亮麗、笑容可掬的黑白照片，那是一張她緊緊牽著兩個女兒站在書店門口的照片。阿菊過世快三年了，她還怨恨我嗎？此生充滿深深懊悔，一聲對不起說不出口，來世她也不願再和我相見了吧。

註1——「高雄鐵路地下化」北起左營，南至鳳山，施工總長度約十五點三七公里，二〇〇九年興建，第一階段已於二〇一八年切換通車。

八七水災那年，兄弟倆從臺中探親返回高雄途中，被困在彰化了，像是水炸彈似的，一個晚上下了數百公厘的雨，地基被豪雨沖刷，鐵支路上枕木與大量泥土迅速流失中，鐵軌崩解幾乎也搖搖欲墜，火車動彈不得，窗外一片汪洋，火車車廂卡在彰化到員林之間，就算放棄坐火車也逃不出去，偶爾洪水會漂過動物死屍，多半是農家飼養的雞鴨及豬隻，一旁較高地勢還有逃得快的小黑狗孤零零站小土丘上，嗚嗚嗚叫著。

火車乘務員廣播放送告知，前方的鐵支路已經被洪水淹沒，社頭到永靖之間似乎發生嚴重災難，後方大肚溪上鐵路軌道已斷，還好這班火車已經駛過，不然後果不堪設想。火車暫時在這裡等救援，無法前進。

也不知在火車上待了多久，周圍乘客從驚慌哭鬧到只剩下稀稀疏疏的耳語，天色也逐漸暗了下來。黑夜來了，雨好像小了一些。小孩子怕餓，兄弟倆在上車前就已經買好兩個大飯糰當作晚餐，之前驚嚇到都忘了吃。

「阿兄，我肚子餓。」略嫌瘦小的弟弟阿雄轉頭向一旁仍探頭遙望窗外的哥哥說。

「啊，現在都天黑了，應該也七點多了，這一個飯糰我們一起吃，火車不知道要停多久，說不定明天都還不會好，省著點，明天早上再吃另外一個。」兄弟倆常有挨餓經驗，明白食物不可以一次吃完。

「好。」

弟弟吞了吞口水，看著別人大口吃鐵路便當，鋁製鐵盒裡有一塊瘦肉、一顆滷蛋、一小塊醃蘿蔔乾和少許高麗菜，這便當對他們來說不便宜，小兄弟是吃不起的。去年八二三炮戰才暫歇了一年，一般老百姓的經濟狀況也不是很好，一切還在復甦中。

不知餓了多久，終於有軍用卡車協助乘客轉乘，轉車到更南方的車站，一個突如其來的水災，竟然讓他們遲了兩三天才回到家。

在弟弟的童年記憶裡，「餓」，是極強烈的印象，更小的時候，母親時常往苗栗跑，那裡有個工作可掙點薪水，正缺抽紗刺繡教師，但她無法把三個孩子全帶在身邊，只好先揹起剛出生不久的妹妹到苗栗工作，她只能留一點吃飯錢，讓哥哥照顧弟弟，一去十天半個月，有時母親遲了一兩天回不來，哥哥總是帶著他四處撿食，有時好心的鄰居於心不忍，偶爾接濟兩個孩子，端兩碗殘粥給兄弟倆暫時裹腹。

前些年全臺各地不時傳出暴亂與鎮壓，高雄尤其慘烈（註1），四處風聲鶴唳，到處都有人在搜捕動亂分子，不論顯貴政要或學校教師，被即刻槍斃或打入監牢時有所聞，生父之前在報社工作的資歷也受牽連，不但失業還被迫遠走深山躲藏，無暇顧及妻兒，也回不了家，要是再連累家人，後果難料。

從小就是有一頓沒一頓，從來沒吃飽過，兄弟倆總是想要吃一大碗滿滿的白米飯、吃大塊大塊的三層滷肉，當然還要再加顆滷透入味的蛋，能吃得飽是多麼滿足的一件事啊。

等阿雄年紀稍長些，母親已與父親離婚，母親帶著兄妹三人南下高雄，改嫁同鄉青梅竹馬，頂下一間鹽埕埔的書店。鹽埕埔一帶在二戰時雖被炸得滿目瘡痍，但畢竟從日本時代開始，這裡就是充滿機會的地方，一點點小火星掩埋在厚厚灰燼間，還是有能耐在適當時機以星火燎原之姿，點燃炫目光亮，只要肯幹，總是有工作機會的。就拿被炸成幾乎已是死氣沉沉的高雄港來說，二戰剛結束時，光是沉船竟然有一百七十八艘，貨出不去，船進不來，然而強悍的高雄人埋頭苦幹，一天當三天用，把高雄港內外沉船拆解鍊鋼變成黃金，幾年間逐漸清理完成高雄港，廢鐵拿去製鋼造船，大船繼續入港。有工作、有人潮，各種以人為主的商業也逐漸甦醒。

過幾年，哥哥已經在幫忙書店生意，而阿雄也從左營初中畢業，考上簡稱「高水」的高雄高級水產職業學校輪機科（註2），畢業後當完兵就可以去海運公司工作，就是俗稱的「跑船」。

要吃飽飯就是要賺很多錢，去跑船能賺很多錢，不少同學選擇位於旗津的高水讀書，學習實用技術可以直接考三管輪（註3），這是跑船最快途徑之一，阿雄私心期待能自立，離開那個家，他、大哥和大妹都是媽媽帶去的拖油瓶，繼父對他們三兄妹不薄，但始終有寄人籬下的感覺，而且，他的名字中間那個字和其他兄弟姊妹都不同，雖然問過許多次，但母親總是淡淡說算命先生說他的命硬，名字不可以和其他兄弟姊妹一樣，這樣比較好養，可以活久一點。阿雄半信半疑，小時候在愛河失足溺水差點淹死沒錯，但真是這樣嗎？他總是懷疑自己是撿來的孩子，不但不是繼父的孩子，也不是原來父親的。

阿雄最大的心願就是趕快長大賺錢，脫離這個自己覺得是外人的家庭。對了，去跑船就能海闊天空，鄰近的高雄港正如火如荼興建拓寬更大的港口、更多的倉庫、設備更完善的國際貨櫃中心，總有一天，他將駕駛大船乘風破浪離去。

高水校園有一個大操場，阿雄課餘參加學校足球隊，正在操場與隊友練習，下個月就有一場比賽，高雄的冬天還有二十度，冬日暖陽高照一點也不冷，沒多久就汗流浹背。運動員在陽光下光彩耀眼，尤其是前鋒，書店的二兒子阿雄，濃眉大眼，斯文書卷氣，雖然沉默少言卻非陰柔軟弱，恰好相反地，他的運動能力拔群出眾，敏捷強勁的身影、帥氣俐落的模樣，總是讓為數不多的女同學在操場邊遠遠注目，俊美秀氣的外表更讓他每年都被推選擔任舞臺劇男主角。

「喂，阿雄，來休息一下啊。」一個笑臉盈人的女孩子突然跳出來大喊著正在奔跑的足球前鋒。

他看到淑英背著書包在大樹旁向他招手，轉頭和隊友們示意大家休息。阿雄是前鋒，也是足球隊隊長。

「喏，你水帶得不夠吧，這瓶給你。」淑英遞上水壺。

「謝謝。」他流了滿身大汗，大口大口灌水。

阿雄和淑英是青梅竹馬，也住得近，小學和初中（註4）都是同一所學校，淑英成績好，考上省高女（註5），而阿雄嚮往海上生活考進高水，他們很自然的走在一起，雖然還未成年，但沒有大人想要拆散他們，沒惹上麻煩就好，兩人實在登對，氣質或外貌都相當，老師們更是私底下竊竊私語，閒話家常時經常提到高水足球隊長和省高女校花的故事。

「阿雄，你們今天要練習到幾點？我有事想和你說。」淑英說。

「大概到天黑，可能六點左右，有什麼事不能現在講嗎？」他邊擦汗邊望著淑英，到底什麼事這麼慎重？

「那八點半我在教堂附近那棵樹等你，這時間可以嗎？」

「幹麼那麼神祕，好啦，晚上過去。」他望著淑英，一臉不解，而淑英只是勉強抬了一下嘴角，隨口說了幾句無關緊要的話，便與同學先離開了操場。

教堂是長老教會所屬，正式名稱是「鹽埕基督長老教會」，二戰後經過六年就蓋好完工，二次大戰後期，鹽埕埔、哈瑪星、高雄港是美軍轟炸的主要地點，顯示這一帶極重要的戰略地位，戰後這裡幾乎被夷為平地，處處斷垣殘壁，教堂戰後數年快速完工，是一座非常顯目的基督教教堂，阿雄、淑英和他們的家人都是這個教會的教友，每個星期全家都非常虔誠的到教堂做禮拜，雖然早在阿雄還年幼時就已有鹽光幼稚園（註6）開辦，能送孩子讀幼稚園的家庭還是少數，小孩子就留在家附近跑跑跳跳，要學習等上小學再去就好。

阿雄和淑英雖然沒有讀幼稚園，然而從小就在這附近玩耍，也是很熟悉的了。

那天，阿雄遵照母親的吩咐把新進貨的書和各種文具雜貨，逐一清點與上架，母親剛從香港跑單幫（註7）回來，帶回大批貨物，一部分留著書店自賣，一部分送到堀江商場合作店家。耶誕節再過不久就要到了，耶誕飾品是在臺美國人家庭需要的，全鹽埕埔也只有這家書店有賣，一開始是獨門生意，全家人忙趕工，好不容易才整理完成，阿雄同時把書店整理清潔完畢，較為粗重的上架工作，多半是阿兄和阿雄處理。阿兄白天雜務多，如果沒做完，阿雄會接續完成，書店雜務工作從小做到大，熟練俐落不需花太多時間就能完成，這才上樓匆匆吃完晚飯。

隨著美軍第七艦隊進入高雄港，把高雄當作補充物資的重要中繼站開始，就有大批大批的美國大兵在此登陸。離開前線戰地，美國大兵總是玩樂揮霍，花起美金毫不吝嗇，一擲千金時有耳聞，港口外大馬路七賢三路上，有密集的酒吧和各種因應大兵需求的娛樂場所，連帶使得英文書籍雜誌需求也越來越多，進貨量也就越來越龐大。

家裡沒有請員工，就是繼父和阿兄在書店工作，自己下課回家後再幫忙，兩三個壯丁也夠了，畢竟家裡有七張嘴要吃飯。除了美國大兵，高雄港還有許多國際貨櫃船停泊，船員都有考試升等的需求，在臺灣買書比在自己家鄉便宜許多；而越戰導致長時間無法返國的美國大兵也能在高雄暫歇時，補充一些精神食糧，帶幾本書回船上，打發時間。

阿雄認為要多做些工作，報答繼父和母親扶養的恩德，沒有把他拋棄在臺中路邊自生自滅。生父原在廈門擔任報紙編輯，二戰後一家人從廈門逃離來臺，找不到合適工作，剛好友人介紹臨時工作，協助日本在臺產業有關交接給國民政府的各種溝通事宜，擔任中文、臺語、英文、日文的口譯工作，二二八事件全臺動亂，父親受牽連不得不四處逃躲，遁入空門避難，他同時和妻子離婚，劃清界線以保安全。

三兄妹不明其理，只知道父親消失了，被生父拋棄了，母親一個人帶著三個稚齡子女，阿雄才四歲、大妹才出生沒多久，他能體諒母親的苦，雖然怨恨母親的不公平對待，卻也默然接受，那是他的命，無從選擇。

大雄來到與淑英約定的相會處，她已經在那裡，心不在焉仰望天空最亮那顆星星，似乎有什麼心事，聽到腳步聲後，她轉頭看見阿雄已經來了。

「我家要搬去日本了。」她一開口冒出了這個晴天霹靂的消息。

「什麼時候？為什麼沒聽妳講過？」

「以前只是聽我爸媽隨意提而已，沒想到真的要去了，大概一個月後。」

「妳也要去嗎？」阿雄愣愣的問。

「嗯，我媽說又還沒嫁人，當然是要和父母一起搬家。」她突然羞紅了臉。

娶妻，阿雄從來還沒想過這件事，他只是想要趕快從學校畢業，趕快當完兵趕快上船工作賺錢，未滿二十歲結婚，在當時也不是稀奇的事，不過，這件事對他來說，是不是太早太快了點？

「妳要離開我了嗎？」他無法想像沒有淑英的日子會是怎樣光景。

淑英突然哭了出來。

兩個人都不知道怎麼辦，只是默默無語的坐在大樹下。

隔幾天，淑英去學校辦休學，淑英這位校花要全家移民去日本的事，立刻傳開，兩個學校的老師不約而同關心起這件事。

「這對小情侶要被拆散了啊。」

「其實兩個人也都十七、十八歲了，先把婚結一結也不是不行啊。」

視阿雄為小弟的體育老師，主動當起牽線人，分別去兩家家長那裡探聽。

「淑英是我家掌上明珠，唯一一個寶貝女兒，要嫁出去當然要挑最好的人家，不是我嫌阿雄不好，他很上進沒錯，但家世不夠啦，排行老二也分不到家產，家產一定是他小弟的，根本就和羅漢腳差不多，以後當船員，整年都不在家裡，這樣我家女兒太委屈了！除非，他願意入贅，他家也不缺他一個兒子，來我家的話，我倒是可以考慮。」淑英的父母倒是很坦白的攤牌。

「要我家阿雄入贅？不可能！我好歹也是辛辛苦苦一手拉拔他長大，不需要賣兒子，就算淑英現在願意嫁過來，這也不行，阿雄的阿兄還沒娶妻，怎可以阿弟先？」阿雄的母親如是說。

「老師看起來是做不成媒人了，阿雄、淑英，你們不用煩惱，就算先暫時分離兩地，你們還是可以寫信啊，阿雄也快畢業了，當完兵開始跑船後一定會常去日本，你們還是會有很多時間可以見面的。」只好這麼安慰，老師心想。

淑英舉家離臺的前一天，阿雄與淑英來到西子灣看海。

「阿雄，你一定要來找我，我會等你！等你當完兵、等你上船工作後一定要來日本找我，還有，要寫信給……」阿雄突然上前一步，用力抱住淑英。

西子灣夕陽遠遠掛在天際，遠方幾艘輪船正駛離港口。兩人的初吻，竟是別離。

＊＊＊

轉眼過去四年半，阿雄退伍後進了船公司，在船艙裡負責輪機部門操作及維護船隻的推進系統，他從見習管輪，努力讀書通過國家特種考試，升上三管輪。船公司派遣員工去哪就去那，繞地球大半圈也是常事，兩三個月返臺一次司空見慣，這時阿雄已經二十二歲。

淑英人遠在日本，讀書當兵還可以書信往來，一旦出去跑船，便像斷了音訊，淑英的信就只能等候收信人歸來時拆閱。當然阿雄也會從世界各地港口寄信給淑英，然而，那是單向的，只能單一訴說想念。如此脆弱的思念線，若有似無，無法傳遞。

這兩年，經過神戶兩次，人在橫濱的淑英就算排除萬難，也只能搭乘火車與阿雄短暫相聚，隔日，船就要啟程前往下一個目的地。

再過一年，他打聽到某艘船航點會經過橫濱，和公司請求調班後，如願上這艘船執勤，而且這次航班能靠岸兩天。

離開臺灣已經五年的淑英，在橫濱山下公園和阿雄相會。

她在東京的女子大學就讀，即將畢業了。

阿雄看著淑英，一身東京時尚女大學生打扮，頭髮也剪短了，成熟俏麗又自信。她說著學校裡的事、同學的趣事，而阿雄，遞了幾本前幾天在至誠堂書店買的書送給淑英當見面禮物之後，就只是靜靜的聽著。

時間已經過去五年，一切都不一樣了。眼前的淑英，他覺得很陌生，已經不是那個家鄉裡的淑英了。他們還是戀人嗎？與其說是戀人，更像是青梅竹馬吧，他出神的想著。

「阿雄，你這次來，我很高興，不過我有一件事要和你說。」淑英小心翼翼斟酌用詞。

來了，這一刻要來了，阿雄心裡已隱隱約約覺得他們的距離已經不是臺灣到日本的距離了，五年見三次，每次幾小時，再怎麼濃的感情都要淡去了吧。

「嗯，妳說。」阿雄說。

「這些年我日日夜夜都盼著你來，你工作忙，世界各地到處去，我也不能說什麼，但是，我們這樣還能繼續下去嗎？」她突然哽咽，雙手摀住臉，啜泣起來。

「不然，我現在去和你爸媽提親，我們結婚好嗎？」

「如果第一年，你這麼和我說，我會很高興，私奔也要和你一起，但是……」

「但是？」

「就算結婚，你還是不在我身邊啊，我們已經越來越淡了，你不覺得嗎？」淑英美麗的臉龐大滴大滴淚水滑落著。

阿雄無語，是啊，那種濃濃愛戀和思念，已經越來越淡了。

「妳現在有對象嗎？」

「半年前我阿母逼我去相親，是開醫院的人家，他……對我很好，每星期都見得到面，隨時一通電話也能吃飯看電影，阿雄，你對我來說、或是我對你來說，都太遠、太遙不可及了。」

淑英的話，一錘擊中阿雄的心臟，「海員人生，就是這樣。」

「阿雄，你很好，但是我們分隔兩地，我們都長大了，真正知道我們是有緣無分。」淑英低聲啜泣。

阿雄望著她，她的睫毛還是和以前一樣漂亮，她已經越來越遙遠了，那個貼心送水壺叫我喝水的淑英，越來越模糊了。

「淑英，別哭了，我理解的，有人可以對妳比我還要好，那就好了，謝謝妳陪我那麼多年，是我不夠好，不夠積極、賺不夠多錢，沒信心去你家提親。」

遠遠的，阿雄看到一位青年在遠處看著他們。

「淑英，妳要分手，我無法可說，妳一直是我的精神支柱，沒有妳，我一定無法在這裡和妳講話，也無法去世界各地工作，差不多要上船了，這些年很感謝妳，那就再見了。」他向遠方青年微微點頭，便轉身大步離去。

他自卑又自傲的自尊不容許低聲下氣，請求淑英回心轉意，當船員是他的夢想，也是他的宿命，在海上他才能感覺到生命的流動，陸地上的一切，不是他的就別強求，早早斷捨也好。

他想起第一次領薪水時，才剛下船，興奮的打開拿出五元，去吃了一碗在海上想念多時的牛肉麵，之後把整包薪水袋都給了母親。母親臉上有著微微的笑容，一清點少了五元，知道他先去吃了牛肉麵，便板起臉孔不斷責怪。

「五元！很大耶！怎麼不回家吃，嫌家裡沒給你吃好的嗎？」

這件事，讓他留下很深的陰影，上船工作多時，在母親的心裡，五元比好久不見的兒子還重要，內心受到打擊，消沉許久，還好淑英的信一直是他的救贖。

如今，淑英終於離他而去，沒錯，他心裡早有預感會是如此，一旦成真，沒想到內心這麼痛、這麼痛。

天地之大，阿雄覺得只剩他孤單一人。

***

阿雄繼續隨著商船到世界各地，別人不肯去的地方、一去就要大半年的遙遠國度，他都願意前往，最遠的中南美洲巴拿馬、哥倫比亞、智利、巴西，他都去，只要不去想淑英，工作忙碌，也就能平靜下來。

船駛進高雄港卸貨，他下船回家，踏進半年不見的書店，店裡多了一個女店員正忙著上架書籍，阿兄也不在書店裡，母親正忙著和客人結帳，外國客人買了幾本書、幾本雜誌，還有幾張卡片，正詢問匯率，打算用美金付錢。

「阿雄，你回來了啊，樓上有煮好的飯菜，有你喜歡的滷肉喔，趕快去吃。」

以前總是覺得自己不被母親喜歡，這次回家，母親竟然煮了一桌愛吃的菜慰勞阿雄。

「我回來了，媽，這是這半年的薪水。」他行李還沒放下來就交過去一疊厚厚的薪水袋給母親。

「看起來不少嘛，這樣阿志的家教補習費就有著落了。」母親之後又生了一個妹妹和一個弟弟，小妹很會讀書，但小弟就弱了些，得請老師到家裡來教。繼父希望兩個小兒子和小女兒可以讀到大學畢業，以彌補因為戰亂他無法繼續求學的遺憾。

繼父和母親是同鄉，從小一起長大，他家世優渥，在廣東潮州開設洋行，自小飽覽群書，洋行與國外貿易往來頻繁，大量出口廣繡和潮繡到歐洲，也因為和外國人做生意而通曉四國語言。逃難到臺灣後，生活也逐漸穩定，頂了間書店什麼都賣，賣文具、賣書、賣雜貨，媽媽的抽紗刺繡技術一流，也接些細活貼補家用。

他一邊吃，一邊聽母親嘮叨話家常，她的聲音尖銳洪亮，聽了幾十年，也都習慣了，這是母親的聲音。

「隔壁電器行兒子快要結婚了，聽說女方帶來的嫁妝不少。」

「嗯。」

「阿瑄成績不錯，考進省高女應該沒問題，再用功點說不定可以像鄰居阿瑜一樣去美國讀書，在那裡賺美金，百成書店的兒子上次來店裡買英文辭典，聽說也有出國讀書的打算，下次遇到百成老闆娘要和她商量一下。」

「嗯嗯，這樣不錯喔，阿瑄一定沒問題的，她的學費我也可以出。」阿雄應和著。

「四樓準備租給陳老師補習用，這樣阿志補習就免錢了，補習還不夠，還要請家教一對一教才行，這個最讓我擔心。」

「嗯嗯，阿志還小，不要緊的。」

「講到你，你阿兄差不多要結婚了，你咧？有女朋友沒？還和淑英一起？」

「沒啊，已經分了，她有男朋友了，可能也快結婚了吧。」

「我就說，你們不適合啦！剛好有人想給你介紹，聽說那個女孩子生得真美，才高中畢業沒多久，過兩天來去看看，中意的話就先交往看看。」

「不要啦，我很累，先來去睏。」阿雄狼吞虎嚥吃完母親為他準備的餐食，睡意上升，他昨天徹夜工作未闔眼，一心只想要倒在自己的床上。

「看一下有什麼要緊，我已經幫你約好了，後日中午你去華王大飯店赴約。」

阿雄嘆口氣，有一個支配欲極高的母親，真的滿累的，還是上樓好好睡個覺，後天再打算吧。

註1——二二八事件在高雄是死傷最嚴重的地區之一，當時市政府位於鹽埕，舊市政府原址現已改為高雄市立歷史博物館，市政府從日治時期一九三九年便已位於此地，至一九九二年才搬遷至苓雅區。

註2——高雄高級水產職業學校一九四六年成立，位於旗津，一九六七年改為五年制「臺灣省立高雄海事專科學校」，一九八二年改為「國立高雄海事專科學校」，二〇〇四年升格為「國立高雄海洋科技大學」、二〇一八年與其他兩所國立大學合併為「國立高雄科技大學」。

註3——輪機部人員職權分為管理級的輪機長和大管輪，三管輪與二管輪皆為操作級人員。

註4——九年義務教育是從一九六八年（民國五十七年）開始，在這之前小學畢業之後所就讀的學校稱為初中，需入學考試才能就讀。

註5——省高女，即現今的高雄女子高級中學。

註6——幼稚園是舊稱，現已改稱幼兒園。

註7——跑單幫意指到國外帶貨回臺灣銷售，避關稅賺取價差。當時並未全面開放出國觀光，一般人必須要有正當理由如探親、工作、留學等才能出國。

阿菊在屏東潮州中學畢業後，親戚介紹進了一家頗具規模的報關行擔任行政人員。說是行政，也是打雜，什麼都要做，客人來了就奉茶、接電話當總機、跑腿、記帳、騰寫各種稅務表格，業務日誌記錄、協助主管處理雜事等等，當然，辦公室空間整理打掃也是分內工作。

她被錄取的原因有三：一、學校畢業剛出社會最好教；二、從她的求職履歷看得出能寫一手好字，字跡端正漂亮；三則是她長得好看，個子嬌小也稱得上秀氣美女，適合當公司門面。

這工作很適合她，阿菊做事勤快，個性也熱心溫和，很快得到公司上下一致認可，同事們無不覺得有一個這樣的同事加入陣容真是太好了，半年不到，就和大家熟稔起來。

「阿菊，待會下班有沒有空，請妳去看電影，大舞臺有新的電影上映耶。」公司三不五時會有同事冒出這樣的邀約。

「好啊，但是如果阿惠、阿娟、美美不去，我就不去。」

「請妳一個要多請三個，這樣有點不划算耶。」碰了軟釘子的同事總是訕訕離去。

「阿菊，我們四個去就好，不用理他，這些蒼蠅看了就煩。」阿惠斜眼瞪了業務小郭一眼。

「費雯麗的《魂斷藍橋》又要上映了（註1），聽說臺北又是一次大轟動，我們得早一點去大舞臺排隊買票才行。」

阿娟一臉興奮，簡直等不到假日了。費雯麗是那個時代所有年輕女性的偶像，大家都還沒從《亂世佳人》的世界醒來，就要再一頭栽入《魂斷藍橋》的世界，而那個世界更令人心碎！

阿菊喜歡和要好的同學同事去大舞臺看電影，每次有新電影上總是迫不及待早早排隊買票，一起去看電影。

說到看電影，絕對要往鹽埕埔跑，戲院幾乎都集中在那一帶。日治時代高雄有六家戲院，鹽埕就有高雄劇場、金鵄館、壽星館和昭和館四家，另兩家分別在左營和愛河的另一岸大同路上，高雄劇場二戰期間毀於戰火，一九六一年重建改名為亞洲戲院，是六〇年代設備最好的戲院；金鶏館在戰後改名為光復戲院，一九八七年重新再改建過；戰後才興建的大舞臺戲院也有一票死忠觀眾喜歡，有咖啡廳也有書坊，放映國語電影也播熱門西洋片，最能吸引人潮。

除了大舞臺戲院、亞洲戲院、光復戲院最負盛名之外，還有壽星戲院、港都戲院、金城戲院、國際戲院，還有幾家她說不出名字的小戲院，大大小小戲院不分年代竟有一、二十家以上（註2）。

雖然比亞洲戲院小了一點，阿菊還是比較喜歡大舞臺。

好不容易等到假日，阿菊從家裡走到鹽埕大舞臺的路程大約半小時，她把弟弟妹妹的衣服洗好、幫忙把午飯準備妥當後就興沖沖的出門了，「費雯麗，我來了！」阿菊的少女心情跳躍。

阿菊家裡開雜貨店，阿爸是廣東來的，幾年前決心退伍後就租了個小房子，二樓一家七口自住，一樓店鋪，賣米賣日用品也賣冷飲果汁，更兼做菸酒外送到餐廳和酒吧的生意，阿爸忙四處送貨，阿母則照顧一家大小，還要顧店應付上門的客人。好不容易阿菊高中畢業後在外面工作，還能賺點薪水補貼家裡開銷，也幫阿母照顧較小的弟妹。

雖是如此，阿菊因為是第一個孩子備受疼愛，父親總把她當千金小姐在養，家裡所得只夠生活開銷並不富裕，還有五個小孩的情況下，高中畢業已經有點勉強，然而父母並不要求她做太多家務。阿菊不太懂家務，家裡餐食只能幫阿母打個下手，洗洗切切還可以，真要煮全家人的飯就不行了。阿母也隱隱約約覺得不妥，女孩子家怎可以不會煮飯，以後嫁人怎麼辦，但阿爸溺愛她，總是認真說阿菊以後會嫁好人家，不需要做家事。

雖然知道父親今天有一條七賢三路的送貨行程，可以搭便車，但阿菊更喜歡散步，先在愛河橋頭望一眼聖母玫瑰教堂，時常看見神父修女在附近走動，有時美國大兵會進出教堂，自己還小的時候也和鄰居玩伴偷偷跑來玩，偷偷瞄一眼教堂裡面的模樣。數不清有多少次，阿菊被教堂裡傳出來的莊嚴聖歌聲給吸引，教堂的彩繪玻璃多美啊！聖母瑪莉亞和廟裡的關帝聖君不一樣，關公正氣凜然，然而聖母慈愛的模樣，總讓她感覺到平和寧靜，深刻體會到神在教堂裡發散出來的神聖光輝，她想像自己有一天會在這裡接受神父祝福，和心愛的人結婚，在教會附設的樂仁醫院生出可愛的小寶寶。

循愛河上高雄橋走進五福四路，沿路全是最新潮流的精品商店，櫥窗裡擺出最耀眼、最美麗的當季服飾和流行鞋款，她喜歡繞到大新百貨旁的生生皮鞋，鹽埕國小兩側也有好幾家高級皮鞋店，特別是高跟鞋一定會在最醒目的玻璃櫥窗內展示，讓過路行人欣賞。鞋子真美，阿菊目不轉睛注視著，她一直不滿意自己的身高，還好可以穿高跟鞋讓自己看起來高挑一點，她已經有一雙高跟鞋了，雖然穿著散步有點難走，然而如果可以增添自信、穿長裙更好看，腳痛不便她都可以忍耐。

她放慢了腳步，走進一家靠近大勇路的書店，五福四路上有好幾家書店，在幾家銀行、信用合作社的外牆騎樓還有幾家書報攤，吸引許多路過客佇足翻書。她喜歡這家百成書局，雖然不是特別喜歡看書的人，但說起這幾年很紅的作家瓊瑤，她的每一本書都有，《窗外》、《煙雨濛濛》、《幾度夕陽紅》

都很喜歡，她瞥見架上展示著最新作品《庭院深深》，立刻拿了一本到櫃臺結帳，瓊瑤筆下的愛情真美，好想談戀愛。

書買好放入提袋，繼續逛街，路過堀江商場和國際商場，那些國外來的舶來品衣裳真美；她還可以去吳響峻布莊看看新款布料，自己存了一點錢，想剪一塊喜歡的布做新洋裝。新樂街還有幾十家金飾店，那些金銀首飾散發高貴耀眼光芒，似乎在和自己招手，一定是買不起的，只是看看漂亮的飾品，想像一下結婚的時候，可以央求爸爸買哪款金項鍊讓她當嫁妝、未來的丈夫會送哪一款戒指給她呢？哎呀，鑽戒會不會太奢求了？想著想著，她不自覺微笑起來，踩著高跟鞋一路走到大舞臺戲院和朋友會合，一點也不遠。

十九歲，正是愛美愛幻想的年紀。

當她聽到阿爸和她說，有個朋友的同鄉友人在五福四路開書店，二兒子二十四歲在跑船，一表人才，貨櫃船收入好，賺不少錢，因為經常在外國沒有機會交女朋友，年紀也差不多要娶妻才對，家裡人替他急了，想幫忙物色女朋友，安排相親機會。

「阿菊，妳要不要去認識一下。」阿母說。

「十九歲了，也是要留意未來的夫婿了。」阿爸有點落寞。

阿菊看了相親照片，不自覺的把《魂斷藍橋》男主角羅伯特泰勒和照片中人相比，濃眉大眼，五官好立體，長得還不錯啊，這麼帥的人沒有女朋友？不會是有什麼奇怪個性吧。看在是五福四路做生意人家的分上，去看看也好，我喜歡那裡。

雙方家長幫他們約好在華王大飯店咖啡座碰面的時間，為了避免有長輩在場不自在，讓他們拿著約定的見面物相認。

阿菊穿著一套洋裝，那是她存了大半年的錢，在堀江商場的店裡，買下一塊非常喜歡的日本進口小黃碎花白底布料，按照最新日本時尚雜誌的剪裁，請裁縫師傅訂做的洋裝。阿菊身材玲瓏有致，穿什麼都漂亮，細細畫長了眉毛，把顴骨上的幾粒雀斑仔細遮蓋起來，再輕輕刷上一點胭紅，她挑選了淡淡粉色口紅，換上新洋裝，自然簡單就好，攬鏡自照，一切滿意。

阿菊對今天的打扮很有自信，「今天要和羅伯特泰勒見面，可不能輸給了費雯麗。」

阿菊帶著幾株小雛菊，走進了華王大飯店的咖啡廳，羅伯特泰勒已經坐在裡面，他似乎提早來好一陣子，似乎若有所思的攪動面前的咖啡。

「妳好，我是阿雄，請坐請坐。」

「你好，我是阿菊，抱歉，我遲到了嗎？」

「沒有沒有，是我提早到了，家母一直催我，我只好趕快跑出來了。你要喝什麼？」他微微一笑，伸手召喚服務生。

「呃……那就一樣冰咖啡。」阿菊翻了翻菜單，朋友推薦了華王咖啡廳招牌飲料，但她一時緊張忘記，隨口點了一樣的咖啡，這是安全牌。

這是阿菊第一次進到華王大飯店，這裡才開幕沒幾年，是高雄第一間五星級國際觀光大飯店，開幕時非常轟動，遠地來的達官貴人、出差的外國人士都是住在這裡。大廳門外有行李員和門房等候下榻的客人，行李員接過行李，彎腰恭迎客人踏進自動圓形旋轉玻璃門穿入富麗堂皇的大廳，奢華的大理石地板、典雅貴氣的水晶燈飾，還有多座西洋藝術品點綴其中。櫃臺有多位接待員協助客人辦理住房手續，這些接待員個個貌美優雅，制服筆挺，不時親切微笑，外文能力一流，待客態度更是親切有禮，大堂經理隨時與客人寒喧打招呼，一旁的咖啡廳座位近七八成滿，多位服務員身著不同款式的黑白訂做制服，時而筆直站立，時而彎腰服務，為客人介紹咖啡和餐點。

這樣的陣仗阿菊只有聽業務同事提過而已，一進到華王大飯店才真的有點不知所措，竟然有這麼豪華的場所，她像是隻迷途的小動物四處張望，而竟然第一次進來這裡就是和男性相親，第一次單獨約會，她不知為什麼自己會這麼大膽，因為是羅伯特泰勒的關係嗎？想與費雯麗一樣勇敢嗎？她很緊張，但臉上還是淺淺微笑著。

阿菊認真聽阿雄說話，他聊著世界各地跑船的趣事，世界這麼大，阿菊的生活圈只在方圓幾公里內的地方，在家裡、去上班、去鹽埕埔逛街看電影，而阿雄世界各地到處去，他深邃黑亮的眼睛會發光、他的五官散發男子英氣，卻隱隱約約似乎有些憂鬱，他見過好多世面，阿菊開始崇拜眼前這個人。

「有遇過危險的事嗎？」

「雖然現在的儀器已經很進步，不像古早時代那樣不可預知，但難免偶爾會遇到評估沒壓準的時候。如果遇到這種狀況，船會搖晃得非常劇烈，海水大量灌入船艙，我第一次上船時，也是緊張，不過，現在已經很習慣了，還好我不會暈船，船再怎麼搖我都沒事，天生就適合做這行。」

「妳呢？平常喜歡做什麼？」

「前幾天才去附近的百成書店買書，我看書比較慢，還沒看完，比起看書，我更喜歡看電影，一個月總要是去看一兩次，和幾個談得來的同事一起去大舞臺和亞洲戲院看電影。」她已經漸漸平息緊張，講起電影還能搭上幾句話。

「我很喜歡費雯麗，她演的電影全部都會看，而且非常喜歡她，尤其特別崇拜在《亂世佳人》劇裡那樣有主見又獨立的女性。有時候同學想看瓊瑤的電影，我們也會一起去，前些日子才去看了《月滿西樓》呢。」

「我也喜歡看電影，妳等一下還有空嗎？我剛好有兩張早上去買的電影票，是最新上映的《羅馬假期》，奧黛麗赫本演的，妳喜歡她嗎？昨天看到報紙有一大篇偉士牌廣告，是男女主角騎車在羅馬大街小巷奔馳，就被電影給吸引了，本來要和高中同學去，他不知怎了突然有事。」他笑了笑，拿出票給阿菊看。

「好呀，我有空。我也喜歡奧黛麗赫本，很多朋友都模仿她剪了赫本頭！我也在想要不要去剪。」阿菊心頭一直碰碰跳，好緊張！竟然要跟男人單獨去看電影！她會答應也是因為心裡還算中意這位羅伯特泰勒吧。

就這樣兩方互有好感，阿雄和阿菊約出去了幾次，多半去看電影，有時也會去比較遠的大貝湖（註3）走走，帶阿菊去吃西餐，鹽埕埔有多家高級西餐廳，華王斜對面就有新統一牛排館、七賢三路也有綠洲西餐廳、新國際西餐廳等等，那是洋人常去的用餐場所，消費相當昂貴，依阿菊的薪水是不可能來的，大半都要貼補家用，阿雄既然是帶女生約會，請客吃牛排也是理所當然。

「阿菊，妳知道我是船員，我常常一出門就是幾個月，所以一直都沒交女朋友，怕擔誤人家，這樣妳還願意和我一起嗎？」

「嗯，好。」阿菊羞紅了臉。

阿菊第一次見到阿雄時，已經是一見鐘情，終於等到阿雄開口要和她交往，她高興得快哭了。

「我明天就要出海，可以寫信給妳嗎？」

「你可以寄一張在船上工作的照片給我嗎？」

「嗯，船上油膩膩的，我就是個黑手啊，總是滿身大汗的，沒什麼好看的。」

「我想要有一張你的照片嘛。」阿菊笑著。

阿雄握住阿菊的手，輕輕在額頭上親了一下，笑著點頭。

「我還是有人愛的。」他心裡感動著想。

然而，這樣，淑英就完全從他心裡消失了嗎？

阿雄發現，不論帶阿菊去什麼地方，他總會想起淑英，那就去淑英沒去過的地方吧，然而在阿菊的笑容裡，竟然還能隱隱約約看到淑英的影子，他不懂為什麼無時無刻總是想起淑英，她已經離去了啊！

是不是與阿菊僅僅只有幾個月的交往，無法與淑英十多年的愛相提並論？

阿菊隱隱約約知道阿雄曾經有一個交往很久的女友，住日本，已經分手。

交往半年多後，阿雄告訴阿菊，有一位女性友人回鄉高雄兩星期，身為老朋友、老鄰居、老同學，他會和淑英出去吃飯、和以前的老師和同學見面，陪她去採購一些物品。

「這樣啊……」

其實阿菊內心翻騰不已，你不要去！我無法忍受你和前女友單獨出去！內心反反覆覆嘶喊，但說不出口。他特地這時間回來高雄，是不是事前約好了，是不是一直還有聯繫，不然怎會這麼巧，她回來高雄，阿雄也在！她覺得整個人快被不安與急躁給吞噬。

阿菊不經意問起他們見面的狀況，但阿雄似乎不喜提起這個話題，對於阿菊的問題總是簡短兩三字回應，她的不安心情更深了，阿菊個性雖然溫和，然而內心累積負面情緒幾乎滿載，無法忍耐。

「你今天又和她出去了？」

「嗯。」

「之前不是說她有一個日本男朋友嗎？」

「聽說分手了。」

「她回來找你，復合嗎？」

「沒有這種事，妳不要亂想。」

「我猜對了喔，你答應了？我怎麼辦？」

阿雄沉著臉沒再回應，阿菊不禁大哭，轉身就走，阿雄也沒追去，任由阿菊在雨中離去。

兩個星期過去了，阿雄沒有來找過阿菊，阿菊每天夜裡哭得柔腸寸斷，掙扎著到底要不要去找阿雄，但又無法放下自尊和身段去找他，夜夜在日記裡寫下自己的心情。

一月十三日

你曾否想過，在你交往的所有女孩中，有沒有一個人能像我如此死心的愛著你，從來沒有背棄過你，一個人痴痴等著你回來，又像失去什麼的送走你。船一開出去，我就不安，每天一打開報紙就先看氣象報告，如有強風特報，我就會不食不眠……

一月十九日

我愛的只有你，好希望你能諒解，我真是無知，為何時常發脾氣呢？哪天，一定要鼓起勇氣向你道歉。你可知道你不在我身旁時，我是如此想你。

***

阿雄終於出現了，他把阿菊叫了出來。兩個人沉默不語，不知誰要打破這個僵局，阿菊想著想著，眼淚又無聲的滴了下來。

「她回去了。」

「嗯。」

「我沒有答應她復合，就算重新在一起，以前分手的理由還是在的，更何況，現在我已經有妳了。」

阿菊努力控制情緒，淚水卻不聽使喚的滴了下來。

「我明天要出去上班了，兩個月後回來，我們一起去阿里山玩幾天，好嗎？」

阿菊心裡激動不已，輕輕點了點頭，她知道，這輩子已經離不開阿雄了，未來無論怎樣，一定不會對阿雄放手。

＊＊＊

四月二十六日

今天是我終生難忘的日子，我與阿雄並肩同遊阿里山。

＊＊＊

十二月十四日

今天是我結婚的第九天，時間過得很快，已經離開家這麼久，想起往日在自己家時，是如此自由自在與「沒責任」，但現在不同了，什麼事情都必須自己做，而且樣樣都要周到與仔細。人生就是如此，女人終究歸宿如此。雖然如此過日子，但我非常快樂，因為我愛阿雄，我可以為他做一切事情，更不怕操勞，只要天天與他在一起，我什麼都不要的。

哎呀，這力量實在太大。

註1——《魂斷藍橋》、《亂世佳人》在臺灣各地戲院都會一再重播，重新安排檔期。

註2——鹽埕區所有老戲院已全部停業，多半遭逢拆除或改建新大樓的命運。

註3——大貝湖是現今的澄清湖，位於鳥松，自鹽埕埔搭乘六十路公車前往，約五十分鐘抵達。

第參話——雪莉

美國大兵不再踏進高雄港後，緊接而來的是外國貨櫃船船員成為鹽埕埔消費要角，高雄港是貨櫃國際大港，裝載大量貨櫃的船隻一靠岸，船上水手便迫不及待四處流動。

去七賢三路上的酒吧找熟識的小姐小酌兩杯，尋歡買醉帶出場；有的是直奔堀江商場，幫店家帶洋貨交差；也少不了上餐廳吃一頓美食，人在異鄉，各種能放鬆的休閒娛樂絕不可少。

書和電影，是這群船員上岸後的另一種消遣，鹽埕埔有許多書店，其中不少是外文書店，集中在五福四路、七賢三路和大勇路，專門提供給外籍船員購買，大都是各種類型考試用參考書，也有暢銷小說、攝影或食譜或新聞與生活雜誌，偶爾也會擺些現時正流行的音樂卡帶，讓船員買了帶回船上聽。

看電影是另一個選擇，鹽埕埔僅有一點四平方公里大小，卻擁有最密集的電影院，最富盛名的戲院是距離高雄港不到五百公尺的亞洲戲院（註1），一九六〇年重新改建盛大開幕時，擁有與臺北同等級的音響放映設備與上千個座位，從三樓延伸至七樓，甚是壯觀，每當入場及散場時段人潮洶湧，更帶動了鄰近商場的消費。而外國人喜歡去大舞臺戲院，那裡播放許多外國電影，經常也有更早期的黑白片。

靠近港口的兩條大馬路，七賢三路和五福四路，兩條路呈垂直相交，附近是鹽埕埔最熱鬧的精華地段，每間商店、路邊攤，無不擠滿了逛街的顧客，連銀行或商店牆面都能租給小販，書報攤、擦皮鞋攤、零食小吃攤最多，靠牆壁的小販被稱為壁攤。

此時，一家靠近華王大飯店的書店，幾十個尋書客一湧而入，他們手裡往往有張書單，替家鄉的人尋書，也有是些自己要讀的，多半是各類航海用書，年輕人上進，認真準備各種升等考試，從三副要升到船長、三管輪要升上輪機長，中間需要過好幾關，只有升等才能幫自己加薪，賺更多薪水。

笑臉迎人的年輕書店老闆娘給自己取了英文名字叫雪莉，方便外國人喊她，「雪莉！雪莉！」熟客一進門熱情大喊，更熟的常客會依循外國禮儀給她一個親切的擁抱。雪莉老闆娘年齡未過三十，有兩個女兒，大女兒才剛上小學，小女兒還不滿三歲，找了保母在二樓住家內幫忙，生意太好無法兼顧孩子。她的先生也是船員，經常三五個月不在家，她和先生商量，脫離母家的書店，自己開了一家小書店，書的來源多半是從公婆家和大伯家批來。

「雪莉！我真想念妳！妳好嗎？」一年總會來兩三次的金髮洋人，一進書店就大喊。

「傑克歡迎你，Long time no see you！我很好，太太艾蓮娜好嗎？這次要買什麼書呢？」

「哎呀，一大串！看得都眼花了，妳幫我找找，我去隔壁找露西。」他笑得曖昧，轉身就走，書店隔壁是一間叫玉蘭的酒吧，和書店一樣都是做外國人的生意。雪莉老闆娘把書單接了過來，轉手交給另一位年輕店員。

「Ivy，妳幫傑克先生找書，待會我來結算，一定會給傑克一個好價錢。」

話還沒說完，另一位常客又喊了她。

「雪莉，我想要這些書，上次買了幾本書覺得不錯，介紹給朋友，結果朋友讓我多帶幾本回去。」另一位常客約翰揮著小紙條說。

「約翰你好，是哪幾本？啊，是這本，我說的沒錯吧，那一本真的是經典，已經有好多人說真的很不錯，我這次就多進貨了十幾本呢！愛麗絲，妳幫約翰找齊他的書吧。」老闆娘交代了另一位店員。

「愛麗絲，這些書要麻煩妳幫我寄到臺北的地址，我這趟下來沒帶行李箱，有點不方便啊！真是謝謝妳，不知有沒有榮幸請妳去對面的新統一吃牛排？」約翰已經約了愛麗絲幾次，但沒成功過。

「約翰先生，請別客氣，找書、幫客人郵寄是我的工作。」愛麗絲是書店裡英文最好的一位店員，她沒正面回應，禮貌婉拒，不給客人難堪。

一位香港來的船員常客也來和雪莉打招呼，她上前寒暄，笑著回應：「你講廣東話沒關係，我父親也是廣東人，我聽得懂，會聽唔會講啦（會聽不會講）。」

書店裡連同雪莉老闆娘，還有兩三位女性書店店員，自從貨櫃船靠岸，一直到船駛離高雄港，書店裡總是鬧哄哄，滿滿都是人。

雪莉熱情亮麗、個性親切隨和，高中畢業沒多久在家人安排下開始相親，只要能嫁到鹽埕埔堀江商場、五福四路、大勇路上做生意的店家，差不多就是少奶奶等級，擁有姣好外貌更是引人注目，一九六〇、七〇年代，有高中學歷已經不錯，雪莉聽說書店二兒子當三副，跑遠洋貿易船，一表人才，長得英俊，循序相親交往一陣子就嫁人了，那年她才二十歲。

書店顧客清一色外國人，雪莉的英文只是略懂皮毛，基礎文法都錯誤百出，懂英文的人仔細聽她和客人的對話可能會莞爾一笑，但她總是理直氣壯的說，敢說出口就很厲害了，只要能溝通，會講價錢，對方聽得懂就好了，她的英文好得很！

她在公婆家及大伯家書店學習好一陣子，憑著一股不知哪來的勇氣，獨自開了一家書店，業績蒸蒸日上，每當大船靠岸，就是鹽埕埔商家最忙碌的日子。丈夫不在的時候，雖然還有兩個女兒要照顧，但有工作能做，讓自己忙碌些也比較能排解寂寞吧。

雪莉的書店位於五福四路前段，靠近愛河，鄰近華王大飯店，書店空間是傳統長屋形狀，約莫三十坪，左右兩側全是貼緊牆面訂作的書櫃，連接天花板和地板，擺設了滿滿的書。書店中島空間兩側是走道，還有展示書櫃，書格子上一層一層擺滿各種類型書籍，因應船員需求，陳設了海洋、航海、各類工程參考用書，中間書格子多半是暢銷小說或較為軟性的食譜或攝影類書籍。書店的中、後段各有一個工作桌，擺放包裝書籍的彩色花樣包裝紙、膠帶、尼龍繩、便條紙、筆、剪刀和計算機，議價、結帳和包裝都在此進行。

說雪莉英文不好也不見得，光是要從書名去辨認是哪一類的書、把書找出來，就是一項基本功了。找書的程序是：先看懂關鍵字是哪一類的書，到該專區依字母排序找出那本書。拿近年相當熱門的《Navigation Rules and Regulations Handbook》來說，店員必須看懂這本書的關鍵字，「Navigation」

是航海，所以一定是在航海相關的分區裡，從N開頭開始找書，第二個字母是「a」，再找「v」，就能找到一排「Navigation」開頭的書。一名夠格的英文書店店員，可以很迅速的找到書，再繼續下一本，經驗老到的書店員甚至短短幾分鐘就可以熟練的找出二十多本書。

雪莉年輕漂亮，又懂得打扮，先生跑船收入頗豐，為彌補經常不在家的愧疚，總是不吝惜的提供給母女們最好的生活所需。老闆娘個性大方親切，容易和人打成一片，常常會在書店裡和客人一聊起來就哈哈大笑，洋人也毫不吝嗇帶禮物送給雪莉，或叫鄰近外賣點心或飲料，請老闆娘和店員們享用。書店店員都二十歲上下，高雄商職或三信高商畢業的學生較受雪莉喜歡，她認為雄商畢業生比較用功、素質好，而三信家商的女孩印象較乖巧聽話，她希望多學習英文，有外文專長去哪都吃香。

說起書籍價格的計算方法，書店裡每一本書後頁會貼一張價格單，用打字機繕打而成，上面有類似編號的暗碼，例如#4060，這本書成本就是二百四十元；#5070，成本是三百五十元，考量成本價格及暢銷程度後，由老闆娘訂書價，例如成本二百四十元會訂四百八十元；三百五十元會訂六百五十元，價格只是參考，每家書店的對書的定價不同，還要保留被殺價的折扣空間。

雪莉的大女兒小名叫小玉，雖然還是小學生，但是雪莉會叫她來幫忙。小孩子能幫什麼忙？店員把書都找齊後，小玉會一本一本把書價書寫在估價用便條紙上，店員們拿出算盤或直接筆算進行。全店只有一臺計算機，小玉已經會用計算機加總，算出總金額再告訴雪莉，讓媽媽和客人談價錢。

「傑克，全部二千四百八十元，看在老客人的分上，一成折扣，尾數也不用了，就二千二百元了！」

「What！我不敢相信，我們交情這麼好了，至少打八折吧，一千九百元如何？」

「傑克啊，書沒那麼好賺，看看我女兒都在這裡幫忙了，總要給她一點零用錢吧。好啦，這樣兩千元，Last price！再送你一本《培梅食譜》，書裡有詳盡英文解說，也有彩色照片，示範如何烹調中式料理，是很多人喜歡的食譜書，讓你送給太太，這總行了吧？」

「好吧，就兩千，誰叫小玉這麼可愛！我剛下船，就付五十元美金！」

他摸摸小玉的頭，遞給她一片牛奶巧克力。

成交後，店員接手這些書，把價格單撕下來，拿出包裝紙把書包裝妥當，綁上尼龍繩，讓客人方便提走。

有時客人太多，找不到店員幫忙找書，有時小玉也會被外國客人要求幫忙，她才十歲出頭，比起同年齡小孩已經算提早學英文，字母才剛剛會背而已，找書實在吃力，但是書店一下子湧進大批客人，店員們接待不暇，找小玉也算聊勝於無。

書店的女兒就是有這個本能，幾乎可以獨立作業了，客人也會認為找小孩結帳一定可以拿到更多折扣，她算好總價，洋人叔叔往往一口答應。不然怎麼辦，等老闆娘來結帳又要好久，客人實在太多，有時貨櫃船只有短短幾小時的裝卸貨時間，船員在陸上時間有限，還有別的地方要去啊！

大船進港時，書店總是又忙又亂，有時連吃飯時間都不得閒。

雪莉老闆娘很熱衷當媒人，她常說千里姻緣一線牽，特別是在書店裡的姻緣一定都超過數千里。店員們都是二十多歲情竇初開的女孩，秀麗端莊，學校畢業沒多久，還略帶青澀書卷氣。書店是服務業，又有雪莉在旁示範，自然是經常笑口常開，讓船員怎能不一見鍾情，只要到高雄港，一定就先跑去書店見意中人。當然，船員要追求到手也是不容易的，店員們看著老闆娘的先生經年累月不在家，老闆娘孤孤單單一個人守住書店和兩個女兒，盼望先生早日回家，簡直守活寡，不太敢貿然答應船員的追求，更甚者，也能預想家裡的父母怎忍心把女兒嫁到國外，人生地不熟，沒有娘家照應，這可不行。

話說，還在幼稚園上學的大女兒，正等著媽媽來接放學。幼稚園曉真老師牽起小玉的手，要送她直接回家。曉真和雪莉老闆娘已經是無話不談的好友，剛好有事去書店一趟。

「老師要帶我回家呀，好棒喔！」

「對呀，回家之前我們還可以去遠東百貨（註2）逛一下喔。」

「老師我可不可以吃百吉冰棒？」

「當然不行，妳忘記前幾天氣喘發作了嗎？不能吃冰，媽媽有交代喔。」

「喔。」

「老師請小玉喝養樂多好嗎？有一點冰冰的，含在嘴裡溫涼些再吞下。」

「好！」

曉真從幼保學校畢業後，開始在鹽埕教會附設的鹽光幼稚園工作，這間幼稚園成立不算短的時間了，位於瀨南街及公園二路交叉口附近，不管是不是教友，此地的孩子有不少選擇這間私立幼稚園就讀。一九七〇年代，幼稚園園區樓房還未興建，園區有一大片沙土操場給小朋友盡情奔跑玩遊戲，每次有大型表演活動，教堂就是最佳表演場所，小玉也曾經在裡面表演過舞蹈。

曉真對英文很有興趣，也常常去書店義務幫忙，這天放學後，她自告奮勇要帶小玉回家。

其實，今天她還能看見朝思暮想的情人，離開好幾個月，他終於來了。

曉真在書店裡認識了一位新加坡籍軍人，當時新加坡政府派遣軍人到臺灣受訓，高雄港碼頭常泊著星籍海軍軍艦（註3），新加坡公民有相當大比例是華人，說中文或閩南語者亦不在少數，軍人放假時也常在鹽埕埔走動，他們在書店相識相戀，已經交往兩年了，彼此心有所屬，差不多要論及婚嫁，但是她遲遲不敢把這個人帶回家介紹給爸媽。

「我好好一個女兒，養這麼大，要嫁去新加坡？不行！」

曉真的腦中浮現父親可能會有的生氣模樣，不禁嘆了口氣。她看著小玉身上的幼稚園圍兜兜，胸口繡有名字，口袋裡一邊是小手帕，一邊是衛生紙，圍兜兜有點髒了，是在操場玩沙還是盪鞦韆時不小心跌倒？小玉這孩子很好養，班上小朋友哪個不哭的，尤其是剛入學時，一兩個小朋友哭起來可是會演變成全班都在哭，小玉總是愣頭愣腦的看著同學，不明白為什麼在哭。小玉從來不哭，有一次記錯上學時間，自己穿好衣服、背起包包，趁媽媽不注意一個人就走到幼稚園大門。那天是假日，幼稚園沒開門，她呆呆站在鐵門外，一直到門房阿伯喊她趕緊回家，這件事也經常被媽媽用來和朋友聊天說笑用。

還好只是愛吃了點，是說孩子能吃是好事，就怕挑食。

「有氣喘還是要先顧好身體本質，西醫開的藥據說能讓胃口大開，多吃就有抵抗力。」雪莉一直這麼認為。

曉真遞給小玉一小瓶養樂多，她緊緊握住養樂多，小小一瓶好少喔，只能一小口一小口吸著，涼涼的，真好。遠遠望著媽媽在送客，她在馬路另一頭大喊：媽媽！

雪莉抬頭看到小玉，舉起左手揮著。

「曉真老師，謝謝妳送小玉回來。喔，對了，士強剛剛來了，他讓妳等他一下，說十分鐘後回來，妳進來稍坐一下，外面天氣真熱啊。」

「士強來了啊。」她聽到雪莉這麼說，臉上立刻浮起笑容。

「說真的，妳們差不多要結一結了，認識那麼久了，我當初嫁給小玉她爸也是差不多兩年就結婚了，妳們認識多久？兩年？三年？士強這個人什麼都好，老實又上進，除了不住在臺灣之外，真的是很不錯的人選啊……」雪莉話匣子一開就停不下來，這麼好的一對，不能在一起真的太可惜了。

「其實，前兩天，妳媽媽有來找過我……」

「咦，真的啊，我媽怎會來找老闆娘？」

「她也聽說了，很擔心妳，就先跑來問我。」

「嗯，這次士強來臺灣，我就是打算帶他見我爸媽，如果他們真的反對我們結婚，也只能分手了。我不能耽誤士強，他家在催他相親娶妻了。」

「哎呀，幹麼想那麼多，真消極，只要你們意志堅定，妳爸媽會答應的，哪個父母不希望自己的孩子幸福呢？更何況，新加坡還是華人社會，生活水準也高，又不是嫁去美國，還在亞洲呢。」

雪莉一眼瞥見書店門外，「啊，士強來了。」

曉真和士強朝雪莉揮揮手，這對情人離開書店，手牽手往愛河方向走去。

「真希望他們成功啊。」雪莉想。

註1——亞洲戲院的前身為「高雄劇場」，一九二一年創立，是高雄第一家電影院，一九三一年改名為「高雄館」，一九四五年美軍空襲被炸毀，一九六〇年在原址重建，再度改名為「亞洲戲院」，一九八一年被拆除改為商業大樓至今。

註2——位於五福四路和大智路交叉口，一九七三年開幕，一九八七年結束營業，百貨公司原建築已拆除改建為住宅大樓。

註3——一九七五年新加坡與臺灣簽署了「星光計畫」，即新加坡武裝部隊到臺灣進行實務軍事訓練。這項合作星臺兩國維持了四十年以上，稱為「星光部隊」。

書店一早就開門，夜深了才拉下鐵門，這麼長的營業時間約莫是上午九點到晚上十點半，沒有休息時間也沒有公休日，唯一不開門營業的日期只有農曆過年除夕到大年初四這五天，幾乎全部店鋪都會拉下鐵門，大年初五必開工迎市，這是鹽埕店家生活日常，家家戶戶皆如此，工作即生活、老闆不在店裡時把工作交代店員，工作可以暫擱、人也可以暫時離開，但不管怎樣店面大門一定要打開。

顧店可以看電視聽廣播，一邊吃飯也能一邊工作，眼睛緊盯螢幕，生怕錯過任何一個鏡頭。自從一九六五年高雄可以接收到臺視頻道開始，家家戶戶便以購置電視機為流行，大小和五斗櫃差不多，上半部有小木門，從中向外推開兩側，電視機螢幕畫面就會出現。十多年來電視節目已經完全深入家庭，沒顧客上門也能打發時間。

喊孩子起床、準備早餐、小學生不需接送，依居住戶籍里別，由高年級學生當隊長，一起去學校。小玉的戶籍在江南里的阿嬤家，歸屬在江南里那隊，她更小的時候，爸媽就搬出來自己住了，租了房子在華王大飯店邊，一樓書店、二樓是住家，阿雄還在大貝湖附近買了一棟兩層樓小房子，一眼望去全是翠綠農田，只有田梗，是鄉下農家風景。

如果依照居住地，小玉的學籍應該是就讀光榮國小，她從小戶籍就是在鹽埕國小學區，沒想過要遷戶口，而且整個家族大大小小都是讀鹽埕國小，這間學校從日治時代就已經存在了，是高雄的老牌學校之一。

鹽埕埔這塊小小的地方就有三個小學，三間小學彼此間的行走距離大概十分鐘之內，小玉剛出生前幾年人口增加到最高峰，由於腹地小，漸漸開始有人口遷出的趨勢，減緩了鹽埕埔地小人稠、人口膨脹的壓力。一九七〇年代之後，人口減少並不特別明顯，鹽埕國小每個班級還是有十一、二個班，校舍有一陣子還是不夠的，小玉二年級時，全班還在禮堂外的騎樓露天上課好一陣子。

送孩子上學後就可以準備開店，七八點開門營業的店舖所在多有，商店街多半是九點開門。開了門除了書店工作，還能做家務，店務交待給店員，老闆娘上市場買菜，早上多半去大智市場，下午則是去大義市場（註1），也會去瀨南街的第一市場。

大智市場在新樂街頭，有前後兩段，前段起於大智街、後段起於大義街，範圍大約是鹽埕國中、光榮國小一側，市場內外攤商滿滿，在菜市場買菜的婆婆媽媽人潮洶湧，這裡有蔬果魚肉生鮮，也有熟食、小吃和冰菓店；在光榮國小和鹽埕國中之間還有一個軍公教福利中心，憑軍公教證件才能進入購買比市價更低廉便宜的商品，整天進出福利社的人潮絡繹不絕。

更早之前，買菜做飯帶孩子，會交給奶媽處理，奶媽雖說主要是帶孩子，也兼做其他家務，掃地拖地清潔煮飯，奶媽是住在鄉下的遠房親戚，家裡務農，多個人吃飯不如去城市賺一份工資。奶媽做了幾年後就回鄉了，老闆娘也沒再找到滿意的幫手，沒再補人，反正小玉也讀小學了，老二也三歲半了，比較好帶一些。

有時書店太忙，還會叫包月的外燴餐食，四個菜加一湯，一鍋白飯，由餐館全部裝在大型白鐵餐盒，熱騰騰的提過來，書店老闆娘只要顧店做生意就可以。

有奶媽、有店員，忙碌的時候還能叫外食送餐，阿菊的生活算是很寬裕的了，書店比較不忙的時候，她會帶女兒們去吳響峻布莊挑選布料，若有中意的布款，剪幾碼布，八碼是自己的、四碼是兩個女兒的，到大溝頂那邊找熟悉的裁縫師傅，量身訂製母女裝，再去國際商場看看最新款式的進口洋裝，雖然不至於隨意亂花錢，不過看到喜歡的洋裝還是會買下來，阿雄回家後，一定要讓他看到最美的自己，讓他喜歡留在岸上，最好不要再跑船。

她沒注意到，能過這麼悠閒的生活，還是因為阿雄去跑船的關係。如果只靠書店，可能就沒那麼多閒錢了，生活會再拘束些，而且阿雄還要交部分的薪水給母親、阿菊也要存點私房錢幫忙娘家。

二十來歲的年輕漂亮少婦和精靈可愛的小女孩走在路上，無不吸引行人目光。這樣走在五福四路大街上的婦女不算少。某一年，高雄全市有八千七百間商店，鹽埕就占了將近五千間，精品店、皮鞋店、眼鏡店、電器行、服飾店、銀樓、銀行、電影院、百貨公司就在這彈丸之地閃閃發亮著，有一年的高雄整體稅收，此地更是占了百分之五十五以上，是高雄的金雞母。尤其是五福四路一帶腹地，包括好幾個電影院、堀江商場、國際商場、及擠滿大大小小銀樓的新樂街，少少幾條街道，竟是高雄最熱鬧最富裕、消費力最旺盛的地方。

阿雄是書店老闆卻經年不在陸地上，雖然從小在書店幫忙，嫻熟書店事務，但是個性內向不愛說話，做生意和客人互動不是他的強項，跑船回來暫時休息的日子，阿雄總愛待在書店二樓的住家。他從小必須幫忙家事，分擔家務打掃的日子一點也不陌生，煮飯打掃帶小孩樣樣難不倒，他也主動和阿菊一起分擔家事，其他家庭的男性多半是不進廚房的，更別說是分擔家務。

阿雄擅長家事，比阿菊做得更好更仔細，結婚後，他發現阿菊不太會料理三餐，暗暗嚇了一大跳，居然有不會煮飯的女人，還好阿菊肯學，和母親共住那兩三年也學了好幾手。說起母親來自潮州的廚藝，那真的一等一的餐廳大廚等級，每次下船就是期待母親煮一桌料理，讓他大塊朵頤。

阿雄下了船，看到滿坑滿谷的書店客人，沒和妻子打招呼就自己一個人默默上了二樓。小玉在客廳的籐椅上睡著了。

好久沒看到女兒，看著小玉紅嘟嘟的小胖臉，輕輕捏了一下。

怎麼這麼熱，他嚇了一跳，連忙一摸額頭，發燒了！

他放下行李，趕緊騎著新買的偉士牌機車，帶小玉去鄰近幾條街外的同學家診所。小玉站在車子前方，有些站不穩，阿雄用外套包住她，遮去一些冷風。

掛了急診，和醫生同學一揮手衝進診間，護士一量體溫已經超過四十二度，小玉躺在病床上，護士幫她全身擦拭酒精退溫，再打了退燒針，總算是無大礙。

「阿雄你回來了啊，怎麼是你帶孩子來看病？燒到四十二度才帶來，要多注意小孩啦。」醫生說。

阿雄鬆了一口氣，領完藥，與同學小聊幾句後，帶小玉回家，她燒得迷迷糊糊的，還在昏睡中。

「發燒到四十二度，妳是怎麼顧小孩的？一直在店裡陪男人笑，妳是在賣笑嗎？小孩丟在二樓，叫她一直看電視就可以嗎！」阿雄踏進店門，不顧店內還有沒有客人，怒不可遏朝阿菊一陣怒吼。

「這樣你知道我一個人要顧兩個小孩，還要顧店有多辛苦了吧，才剛回來就一直罵我。」阿菊明知理虧，擔心小玉的狀況，訕訕跟隨阿雄上了二樓住家，她還是覺得委屈。

她想起十個月懷胎，阿雄只回來兩三次，臨盆要生的時候，丈夫也不在身邊，是婆婆叫車送她到愛河邊的樂仁醫院，一想到生產時的恐懼難熬，身邊沒有人陪，修女問她家人在哪裡的時候，不由得更加委屈傷心了。教會創辦的樂仁醫院對產婦的照料很專業，收費不便宜，送去那裡生孩子是奢侈的事，可是內心的無助和害怕，自己的丈夫又在哪裡？

「店不要開了啊，我又不是養不起妳！」阿雄其實不想開這個店，好不容易從母家自立了，怎麼老婆還要開書店，一輩子都逃不開書店，讓他覺得煩躁，書店並沒有給他美好的回憶，只會湧起寄人籬下的感受、母親只疼愛長子和么兒的那些時光，讓他覺得自卑失落。

「店如果收起來，整天照顧孩子很有壓力，丈夫又不在家，你有想過我心裡的感受沒！」阿菊嚎啕大哭。

「妳閉嘴啦！我在講小孩發燒的事，妳這個做母親的都不理，放她在樓上發燒，腦袋燒壞了怎麼辦！妳自己想想！」阿雄憤怒用力一摔手裡的玻璃杯，頭也不回的騎車出門。

潑了一地的水漬和玻璃碎片，阿菊滿腹委屈在一旁哭泣。

阿雄在船上忙累了幾個月，好不容易上岸回家，家裡亂七八糟，小玉還發燒沒人理，怒火衝天，他騎著偉士牌漫無目的在鼓山西子灣一帶亂逛，憤怒的心情總算稍稍平息，一早到現在還沒吃飯呢，車子一轉繞到大智市場吃麵。

長腳麵攤（註2）在大智市場內，他向高個子老闆叫了一碗湯麵，切了一盤小菜，悶不吭氣的坐在竹桌前低頭吃麵，已經過了中午吃飯時間，座位都是空的。吃了麵，心情沒那麼煩躁了，心裡掛念女兒，於是返家。

小玉睡了一覺，燒已經退了，人也清醒了，像是沒事似的，看到爸爸進來，連忙撲上去！

「爸爸！爸爸！」

阿雄聽到女兒喊他，原來緊繃的嘴角也微微綻開，一把抱起小玉。

「妳發燒退了沒？」

「退了，媽媽剛剛有來量，你看，三十六度半。」

「爸爸，你這次回來有沒有帶禮物？」

「有喔，給妳猜，爸爸帶什麼給妳？」

「巧克力？」

「不是。」

「芭比娃娃的衣服？」

「不是。」

「黃金糖還是水果糖？我猜不出來啦。」

「是這個！」阿雄一臉神祕的打開行李箱，拿出一個粉紅色盒子。

「鉛筆盒！有幾個開關？哇！六個開關！阿佩也有一個紅色的，她有五個開關。」小玉拿到鉛筆盒開始數，正背兩面各有三個大小不一的空間，可以放鉛筆、擦子和小尺等各種小物。

「藥吃了沒，趕快吃一吃，妳再多睡一下，爸爸去樓下。」

阿雄的氣已經消了，但是拉不下臉去和阿菊說話，走進書店，店裡還是忙得不可開交，他接過幾個客人的書單，開始幫忙找書，找到書後就交給店員，讓店員和客人結算書款。

客人終於少了一點，晚餐也已經送來，他叫店員和阿菊先去吃飯，店前的事，他一個人處理就好，剛吃過麵，不餓。

晚上又忙了一波，他上樓去看了小玉兩三次，發燒已退，也睡得深沉，阿菊也上樓看了幾次，兩個人雖然在忙書店的事，還是會上樓瞧瞧女兒的狀況。

夜逐漸深了，隔壁玉蘭還是很多酒客進進出出，書店內已經人潮漸漸散去，店員下班回家，接近十一點，書店拉下鐵門。

「妳先去洗澡，看一下小玉，總帳我來算就好。」阿雄對阿菊說。

今天阿菊老闆娘被阿雄大兇一頓，心裡還是有些忐忑不安，不敢和阿雄搭話，她知道自己不對，阿雄才剛下船，又在書店裡幫忙了大半天，心裡也有點內疚。

「阿雄，今天是我不對。」她鼓起勇氣道歉。

「妳知道不對吼，要多花點心思照顧家庭啦。之前小玉三歲，在書架上摔下來的事，手臂都斷了，妳忘記了嗎？十歲還要動手術矯正耶，妳都沒有好好照顧女兒，只會叫她上樓看電視。」

阿菊理虧，沒說話。

「把書店收起來，我是認真的，妳考慮看看。」

「如果，你不要再去跑船，一起顧書店呢？我一個人顧孩子，老二身體又不好，常常半夜要去掛急診，實在很艱苦。」阿菊怯怯的又掉了眼淚。

「不要說這些五四三啦，結婚時妳已經知道我在跑船，就是這樣了，生病的孩子更要專心照顧，妳都在做生意是怎麼顧小孩？在家好好教育小孩、照顧孩子就是妳的責任。總之我不贊成妳開店，後悔的話也可以離婚啦。」

阿菊不敢再說話，默默上了二樓。她委屈的想，為什麼阿雄總是把離緣這件事放在嘴邊講，我不可能離婚的。

過兩天，小玉已經完全康復，活蹦亂跳吵著要坐偉士牌出去玩。偉士牌機車是流行奢侈品，一輛車就是一般公務員幾個月的薪水，阿雄長年跑船，一回來陸地喜歡騎車四處跑。

「好啊，我們坐船去旗津玩。」

小玉自己穿好鞋子，飛奔到騎樓，一腳踏上偉士牌前面踏盤，爸爸不在的時候，她也常常自己爬上偉士牌，想像父親騎車載她馳騁大路。

去旗津須先到鼓山渡船頭搭船，客輪碼頭是一間小小的木造屋。他讓小玉先坐在車上，把車靠邊停好先去買船票，機車可以一起搭船，但要多買機車的票，在另一側鐵欄桿圍起來的地方排隊等候，船滿了，前面通關的鐵門就會關上，等下一班渡輪清空乘客和機車後，才放行下一批乘客。

往旗津的船是小型渡輪，船前方載人，船艙有木製座位；船後方載貨和車輛，騎車的人也在這一區，大都是小型機車和自行車，船不大，大概二十多輛機車就滿了，車輛進入船艙時，若最靠近外側，可以倚著船欄桿旁看滾動的海水，有時海鳥會跟在船尾的浪花上，伺機抓海裡小魚覓食。雖然阿雄耳提面命不讓小玉太靠近欄桿，但她還是惦起腳尖身體往前傾，想往海水裡看魚。

「爸爸，船怎麼停下來了？」

「妳看左邊，有一艘大船要進來了，小船要停下來，讓大船先過呀。」

「那艘船好大喔！還有好多一格一格小小方方的，那是什麼？」

「那個叫貨櫃，妳現在看很小，不過一靠近的話就會變很大，一輛卡車只能載一個長方形貨櫃，有沒有印象馬路上看過很大很大的貨櫃車？」

「有！馬路上的大卡車不是很大很大嗎？遠遠看這麼小喔。爸爸！船按喇叭耶！」

「對啊，一聲就是右轉的意思，告訴其他船要注意，我們這艘船要轉彎了喔，要出去的等一下，要橫跨航道的也要讓大船先過。」

「爸爸就是開這種船嗎？」小玉回頭看著爸爸。

「差不多，再小一點點，爸爸要努力讀書考試，這樣賺的錢更多，也可以開更大的船。」

阿雄現在是二管輪，相當於二副，未出海工作時，多半會去新買的郊區小房子閉關讀書。他一眼就中意那個小房子，四周圍全是一望無際的稻田，除了九如一路通往屏東和鳳山之外，只有牛車出入的小巷，房子對面是三合院，有個寬廣的稻埕，小房子的地就是這個三合院地主賣出去的。他喜歡在這裡讀書，寧靜平淡的日子，單純讀書和生活，和農家一起日出而作、日落而息，如果一家人搬過來這裡也很不錯吧。

不過，還是要先專注在大管輪的執照上，考國家特考不是容易的事，要讀的書很多，同時英文能力也要考試，新買的英文聽力錄音帶放了一遍又一遍，希望能一舉過關、考到執照，以前高中時代都沒那麼用功，男人果然要成家立業才會努力打拚，他想。

旗津，阿雄不陌生，他就讀的高水就在這裡，不過就是十年前，他還在這裡踢足球、演話劇，淑英還在樹下拿水給他喝，已經十年了。是啊，他都已經和阿菊結婚了，也有小孩了，怎麼還在想淑英呢？

心裡一陣刺痛，淑英，我們真的是無緣啊。

「爸爸，我可不可以玩水？」

「好啊，不要跑太遠，我們一起去。」

父女倆嘻嘻哈哈脫了鞋，小女孩奮力衝到海水邊，正好一陣浪花推上岸來，小玉尖叫一聲，浪來了浪來了，潮水立刻沾溼了裙子，她一點也不在意，一旁看到小螃蟹橫行，頑皮的抓起牠，丟進新挖好的沙坑裡。

太陽漸漸西沉，小玉玩沙、堆沙堡，開心得不得了，而阿雄回憶起無數個和淑英在這裡一起看夕陽的日子，不自覺哼起紅透半天邊的歌〈舊情綿綿〉——

一言說出就要放乎忘記哩
舊情綿綿暝日恰想也是妳
明知妳是楊花水性
因何偏偏對妳鍾情
啊……不想妳　不想妳　不想妳
怎樣我又擱想起
昔日談戀的港邊

男子立誓甘願看破來避走
舊情綿綿猶原對依情意厚

明知妳是輕薄無情
因何偏偏為妳犧性
啊……不想妳　不想妳　不想妳
怎樣若看黃昏到　就來想你目屎流

也不知過了多久，阿雄定了定神，揮揮手把女兒叫過來，幫她拍拍手腳上的沙，穿好鞋子。

「小玉，我們去吃點心了，吃黑輪！」

「耶！我要吃黑輪！還有米血喔！」

「好，攏有攏有。」

雖然旗津也有黑輪攤，但他們習慣在鼓山的那一側吃。黑輪、米血、貢丸、魚板等等以長竹籤串起，要吃幾支自己拿，桌上都有醬油膏，小玉最喜歡甜甜的鹹味，附清湯自取，還可以加入芹菜和白胡椒粉當作調味。

「爸爸，可不可以喝紅茶？」

「妳生病才好，可以喝冰的嗎？」

「……我會慢慢喝……」

「好啦，要含在嘴裡，等紅茶溫溫的，才可以吞下去喔。」

小玉算是很有口福的孩子，也多虧了鹽埕埔這個寶地，什麼都有啊。

註1——大智市場、大義市場都已拆除，改為公園綠地和馬路。

註2——長腳麵攤於民國四十五年創立，原本位於大智市場內，老闆身材很高，故取名為「長腳麵」（臺語），後來一分為二，一家在大智市場旁稱為「樂腳咪」改為他人經營。另一家在大仁路上，二〇二〇年由老老闆和兒子重新開張，稱為「長腳麵」。

第伍話——小玉

店員忙著把新到的書搬進店裡，又是一次大量進書，幾十箱書已經堆滿書店後方一角，再過兩天，大船就要進港了。

較資淺的店員忙拆箱、取書、仔細以乾抹布拭去書封上的灰塵；另一位店員從櫃子裡搬出打字機，準備好打字機專用尺寸白紙，夾上黑色複寫紙，「啪——啪——啪——啪——」依序打上書名，製作價格標籤單。商科畢業的店員做這件事很熟練，不需看打字機鍵盤字母，就能快速把書名繕打而出；有些書並非首次進店，可以順便打上書價，若是首次進書，則是要詢問老闆娘的意思，才能把暗藏成本資訊的書籍編號鍵入。打好一疊後，仔細把印好標籤的白紙對折再對折，以小刀裁剪切開。

老闆娘的女兒小玉也在一邊幫忙，加入生產線，她的工作就是在價格標籤單上的書價上方蓋個細長的章，「Special price」，再轉動數字章，蓋上定價。臺灣的書比國外要便宜許多，外國人多半會到鹽埕埔來搬書，來得勤的常客也知道這裡可以殺價講價，多爭取更優惠的價格，回鄉轉賣時就能多賺一些。

蓋完章之後，把價格標籤單浮貼在書本最後一頁，所需工具是一支小型刷子，還有一罐裝滿漿糊，註明大大「糯米精製」浮字的墨綠色軟膠瓶。小刷子沾上乳白色濃稠漿糊，把一小疊一小疊的標籤單像數鈔票那樣推開一兩公厘的細長間隔，淡淡刷上一層漿糊，快速黏貼在書本最後一頁左上角。全部完成後，就可以依照類別和字母順序上架了，通常依暢銷程度評估進書本數，某一本要是進了幾十本，表示這是長年暢銷書。

偶爾還是會有一些書缺貨不足，這時小玉會拿著書單，到鄰街另一間伯父開設的書店調貨，這間書店是伯父脫離母店後自行開立的一間大型書店，有兩個長屋型店面那麼大，一個樓層約莫五六十坪，小孩還可以在書店裡奔跑。二樓另有藏書豐富的中文書籍，是小玉家書店所沒有的。她把書單交給大伯母後會跑到二樓去找書看，直到大伯母呼喚她可以取書時，才依依不捨把書放回書櫃裡。

書店會協助大量購書的顧客郵寄回國，幾乎全是國際包裹，運費另計，多半以海運方式郵寄。如果書店店員休假，雪莉老闆娘會差遣女兒穿越五六條街道，到五福四路郵局郵寄。寄書沒有任何省力方式，雙手提著笨重的包裹走路去，郵寄的書以牛皮紙包裝妥當、用紅色塑膠繩緊緊將書綑綁為二橫一豎像「卄」的形狀，再彎出一個半圓形方便提拿。

需要寄書的顧客多半是住在隔壁華王大飯店的商務人士，到高雄加工區出差者眾，他們能選擇的高級旅館在鹽埕埔就有三家，除了華王之外，還有靠近七賢三路的漢王大飯店和愛河畔的國賓大飯店，這三家都是高檔的五星級觀光旅館，彼此相距的步程大概都在十分鐘左右，其他星級旅館在鹽埕埔也相當常見，例如皇冠大旅社、瑞士大飯店、百麒大飯店等也經常住滿商務人士。他們不喜歡行李太重，拿了一兩本書帶回旅館後，剩下的書則郵寄回國。

這下就苦了小玉，七八本厚重的書也頗有重量，小學生大熱天提一兩大包書汗流浹背不說，步履蹣跚好似永遠到不了終點。好不容易抵達郵局，一進冷氣房瞬間涼爽快意，躁熱立即消失無蹤，冷氣是用「吹」的，與電視是同等級的昂貴家電。

她把書搬上郵局櫃檯，秤好重量，付錢買足額郵票，仔細用漿糊把郵票貼滿包裹表面，再次把包裹搬上櫃檯，櫃檯高度對小孩來說還是高了些，還好郵局叔叔阿姨們會幫她一把，拿到收據後就大功告成。

踏出郵局，身無重物輕鬆許多，穿越五福四路走莒光街，在新樂街左轉，這裡有一間唐唐書坊，在人生書局斜對面。唐唐書坊相當受青少年愛戴，這間書店有許多新上市漫畫、雜誌及各種女孩子喜歡的小飾品，書也不少，但通常都被漫畫雜誌和各種小物占滿，小玉和同學們都非常喜歡來這裡。

這間書坊仍以賣書為主，如果想看最新上市的書也可以租回家，但和其他租書店還有是很大的不同。例如，老闆不接受證件租借，一本書價格如果是二百元，就必須先付二百元押金，隔天必須還，只退九成，換句話說，二十元就是租金，若一天看不完，兩天還，就退八成，也就是四十元租金，以此類推，若是有任何損毀，二百元就不還了。這家書店主要還是把書能賣出去為主。

小玉的年紀稍長時，在這裡貢獻了不少打工賺來的零用金，鄰近轉角就是光復戲院（註1），戲院和美式速食餐廳結合，並不多見，兩者互相帶動人潮。小玉曾在麥當勞打工，下了班順路到唐唐，幾乎把當時皇冠出版社出版的上百本翻譯小說全部看完，因還書時間限制的關係，不知不覺也增強了閱讀速度。

沿著新樂街通過大勇路，來到銀樓最為集中的一段，小玉的下個任務是找一家新樂街的銀樓換錢。換錢，就是兌換外幣。

新樂街是鼎鼎有名的銀樓街，高雄人若有金銀飾品需求必到鹽埕埔走一趟。新樂街銀樓眾多，款式也多，價格能多家比較，每隔三步五步就有一間金飾店，規模大小不一，有小小一間長屋型態店面，也有富麗堂皇高級名店模樣的門市。

購買金飾是婆婆媽媽們藏私房錢的方法之一，有許多場合也必須送金飾以顯誠意，親戚小孩出生打一兩錢手環當作禮物很常見、到寺廟還願打一面幾兩重的金牌送神明也是不可少、結婚各種禮俗更是缺不了各種金銀飾品，新郎新娘必須全身戴滿金飾，尤其是新娘，出嫁時若沒有整身金飾，可是會被婆家親戚朋友看不起。

或許距離戰爭還不是很遙遠，或許四萬元舊臺幣換成一元新臺幣還記憶猶存，黃金是歷史悠久的保值品，長輩視金飾金塊金戒指為逃難必備應急用品，比現金還有用，家家戶戶可能捨不得安裝冷氣空調，小有餘裕的家庭不一定把錢存在銀行，然而拿現金換小金飾，存放家裡保險箱、幾個祕密藏寶處總會有幾方小小的金塊及婆婆媽媽嫁妝首飾，小玉就偷偷看過爸媽把幾小錠金塊、金戒金飾和幾張美金大鈔，藏在極隱密的地方。

有些新樂街的銀樓同時經營匯兌，畢竟這裡是國際大港，外國人往來交易盛行的地區。外國貨幣兌換是銀行才能經營的業務，銀樓提供外幣兌換，是不能明目張膽的黑市，私下的交易。

船員一下船，沒臺幣使用就無法購物消費，做外國人生意的商家諸如酒吧或書店會通融給客人方便，收取小額少量美金鈔票，書籍結帳時有時也會用美金來計算，例如匯率臺幣比美金四十比一，議價後金額是五千九百元或直接以美金議價為一百五十元美金，可省下一百元價差。另一個模式是收二百元美金，找錢時給臺幣，原本應找回五十元美金，但店家直接給臺幣兩千元，讓外籍船員手上有點現鈔零錢去其他地方消費，船員圖個方便，省得跑一趟銀行換兌。另外，銀行三點半結束當日營業，船舶於傍晚之後停靠也常見，常有無法兌換的情形，這時店家收取外幣也就能早早談成生意，收錢入袋，順便賺點匯率價差，零頭也是一筆小收入。

外幣換臺幣，八成以美金為主，其次商船必經的亞洲路線，包括日本橫濱及神戶、新加坡、香港，日幣與港幣也收，臺幣換美金賺匯差，以往的新樂街有不少銀樓兼營貨幣匯兌，祕而不宣。小玉是個孩子，去換錢很安全，銀樓也會沒有戒心的放她進去。

書店老闆娘交代女兒到兩家常去的銀樓，至少去兩家相比不吃虧才行。

小玉踏進了第二家規模較小的銀樓，她喜歡小間的，覺得老闆比較有人情味，也認識自己，銀樓老闆看起來都比較沒有笑臉，可能怕搶劫而較有戒心。她決心要在這裡換，價錢至少要和第一家相同才行。

「老闆，我媽媽叫我來換，請問『硬的』多少、『軟的』多少？」

「今天比較高喔，『硬的』四十點八、『軟的』四十一點二。」

「我媽媽問『硬的』四十一點二可不可以？」

「沒有這麼好價啦，妳帶多少要來換？一千的話，四十一給妳。」

這一連串的黑市術語，小玉講起來頭頭是道，已經十一歲了，是個可以擔當重任的大女孩了。

小玉一直不太清楚「硬的」、「軟的」具體來說是什麼意思，可能是幣值分野，「硬的」可能是面值較高的百元及五十元美金紙鈔，「軟的」則是面值較小的十元以下的美金鈔票統稱。

由於小玉講了一下價，所以她帶來的一千元美金換了四萬一千元臺幣，還多了一百元價差，若是在銀行兌換，可能連三十九點九都換不到。

這就是老闆娘總是讓小玉去換錢的原因，大人看到小孩來換錢，似乎比較好談價格，二百元是二十碗湯麵的錢，值好幾頓飯。

一個小孩子身懷鉅款出入銀樓特別大膽，這時一般勞工月薪大約一萬兩千元左右，她自己也知道要特別小心，媽媽更是耳提面命要小玉把換來的錢緊緊貼身收好，換好錢後直接到大伯父家繳書款，少一層風險，剩下的款項再趕緊回家交給媽媽。

「媽媽，我忘記買圓仔湯。」小玉回到家後，赫然想起媽媽交待的事。

「不要緊，先回來繳錢也好，叫妳去換錢我也有點緊張。」媽媽拿出一張五十元鈔票，讓她去買兩碗紅豆圓仔湯。

「順便再去買兩張紅紙回來。」愛麗絲阿姨要去臺北讀書，前兩天和媽媽說要辭職。愛麗絲是書店裡英文能力最好的資深店員，她一離開，很多店務就要老闆娘自己做，少了有經驗的員工總是有些困擾，還是先召募新員工再說，要小玉買紅紙就是要在店門口張貼徵人公告。

誠徵　書店店員
高中職畢，對英文有興趣，待優
夜校生可
意者內洽

五福四路整條路頭路尾非常熱鬧，無論何時都熙來攘往，常有各種挑扁擔的小販在騎樓暫時停留，徵人不需登報，只在店門口貼徵人紅紙就有不少人來應徵。

小玉接過媽媽給的鈔票，蹦蹦跳跳又衝出門。鄰近漢王大飯店的李家圓仔湯是她和媽媽最喜歡吃的甜湯，買紅紙則在大有文具店，位於學校旁的SKB文明鋼筆店隔壁，先去買紅紙，順路還可以看看投稿的SKB著色比賽有沒有入選。

SKB是賣鋼筆的公司，還有其他種類的筆，也大量製造批發銷售。對小學生而言能提著一盒SKB彩色筆去上學，往往成為同學豔羨的焦點，十二色、二十四色、三十六色，顏色越多越大盒，小玉班上好幾個同學有三十六色彩色筆，如果可以有一盒色彩繽紛的彩色筆，一定可以入選著色比賽，好想要！好想入選！

這次比賽小玉還是落選了，在那一面入選作品的大櫥窗裡來來回回仔細看了三遍，就是沒有她的作品，連佳作也沒有，她失望的從玻璃窗外離開，什麼時候才會入選呢，她一路想啊想。

彩色筆盒和配備各種多層次的鉛筆盒，是小學生最愛的上學用品。鹽埕國小學區不少學生家裡是舶來品店、進口服飾店、金飾店、眼鏡店，能賺外國人收入的店家，通常家境在小康之上，給孩子用的東西毫不吝惜，送孩子去學鋼琴、學小提琴的更不在少數，那家功學社在五福四路上，全棟樓建築隔成幾間教室和琴房，學生眾多，買琴的家庭也不少。

不少小學生被家長送去學習才藝，樂器、舞蹈、書法、英文，小玉班上就有同學鋼琴或書法的功力非常強大，有一次老師指定她和另一位同學去參加書法比賽，看著同學的楷書，比一般大人的字還要端正，和自己完全是天與地的差別。她也曾經多次遇到同學生日送給大家每人一小盒進口糖果，那很貴耶！她總是在心裡驚嘆。

鹽埕國小在幾年前成立了音樂資優班，成為音樂重點小學，小二升小三之際可報名甄選，功課優異、已經在學各種樂器的學生可以報名參加。小玉那時也被叫去考試了，她去功學社學鋼琴後回家大哭，抱怨老師很兇，手指好痛，媽媽沒逼她繼續練習就放棄了，音樂資優班當然也就沒錄取。雖然沒考上音樂班，整個學校的學生還是都會一點樂器的，至少會簡單的打擊樂器，三角鐵啊紅藍色響板這些，每學期都有音樂比賽，小玉會口風琴，最難的口琴也學會了，每個音階一吐一吸，不是很容易。這是當船員的爸爸教她的，爸爸的口琴吹得很棒，他洋洋得意的說，跑船的人一定都會吹口琴。

想啊想著，再走幾步路就是瀨南街，圓仔湯在通過瀨南街再走幾家商店就到，但她忍不住在瀨南街右轉，市場前有幾家賣小孩零食及遊戲的小攤。

小販租了一面外牆，掛滿各式各樣的吸引人的遊戲、玩具和零食，若要得到獎品，就要花錢去抽，一塊錢可以抽兩張，獎品比較好的是一塊錢一張。

「老闆，我要抽這個，抽兩元。」

小玉指著可以抽到鈔票的遊戲，一獎是一百元鈔票、二獎是五十元鈔票、三獎是十元鈔票，被當成獎品用塑膠袋裝起來，閃亮亮的，好吸引人，如果能抽到一百元，該有多好。

明明也是看過大鈔的小孩，還這麼愛錢，果然是生意人家的女兒。

賭性堅強不一定就抽得中，小玉轉而抽小零食，那個蜜蕃薯干看起來真不錯，抽中仙女可以有一整個大塊的，普獎是老虎，她抽了一塊錢，只得到兩小塊。

剩兩塊錢可以用了，零用錢五元就這樣快被花完。小玉掙扎許久，不抽了，直接買零食，兩塊錢買了紅色甜甜的紅魚片和灑了芝麻的蜜小卷，這個回家前一定要趕快吃完，不然會被罵，亂吃來路不明的東西會拉肚子。

小玉邊走邊吃，原本著色比賽未入選而失落的心情早就忘得一乾二淨，她穿過正在收尾的菜市場，雖然過了中午，市場裡還有不少人走動。再往前走，婁伯的饅頭店照樣大排長龍，小玉愛吃有點微甜口感紮實綿密的饅頭。

饅頭店左轉，來到李家圓仔湯。

原本媽媽差遣她去郵局和銀樓，還有點不情願，媽媽祭出圓仔湯和二十元零用錢，她才答應下來。李家的圓仔，也就是小粒湯圓沒包內餡，有紅白兩色，甚有嚼勁，紅豆湯更是幾十年的功夫，綿密不死甜，好吃得不得了，夏天還賣八寶冰，人氣相當旺。

提著兩碗圓仔湯，經過了正美禮服店和得恩堂眼鏡，再經過慶芳書局，來到華南銀行，也就是五福四路和大勇路交叉口，爸媽都稱這裡為「五層樓仔」，據說以前是全高雄第一間百貨公司，但她沒看過，只知道這裡是銀行。

銀行外有書報攤，也是小玉喜歡佇足的地方，有好幾疊她愛看的兒童故事書，一本二十元，有些書還有注音，小玉非常喜歡看民間故事，常常一不小心就看了好幾十頁，有時會瞄到書報攤老闆在看她，然而並沒有趕她，悠哉坐在破舊的藤椅上自顧自的看書。

「這本《三國演義》真是好看，這麼厚一下子看不完，下次存夠零用錢把它買回去吧。」小玉竟然還保留了一點零用錢的空間要買書，而不是去零食攤，看來她真的很喜歡看歷史故事呢，從小就被嚴禁看漫畫，看故事書倒是被許可。

「啊，糟了，出來太久了，圓仔湯要爛掉了，快回家吧！」小玉急忙闔上書，飛也似的跑回家。

註1——光復戲院原址位於大勇路與新樂街交叉口，建造於一九三〇年，舊稱「金鵄館」，二戰後改名為「光復戲院」，是高雄地區大型戲院之一，一九八三年建築老舊重新改建，人潮再度回流，然而隨著鹽埕的沒落，戲院變得老舊，之後配合高雄捷運再度拆除，改為鹽埕埔捷運站出入口。

第陸話——愛麗絲

一個中年大嬸在歷史博物館前，坐上六十路公車，目的地是科學工藝博物館（簡稱科工館），這裡並不是她最終要去的地方，而是科工館後方的義永寺。

她的父母，長眠於此。

她搜尋了義永寺，一直很好奇在科工館後方，還有一間可以安放納骨塔的寺廟，而且與其他廟宇風格迴異，不是傳統閩南寺廟建築。當初為母親安放此處是因為距離住家騎車只要十分鐘，科工館也是父母經常來散步的地方，隨時想來就能來捻香坐坐，陪陪父母，說一會兒話。

前些日子拜訪慶芳書局，老闆送給她一本《戀戀鹽埕：高雄鹽埕的風華記事》，坐在靈骨塔格子旁隨意翻閱，赫然發現這座廟宇與鹽埕埔頗有淵源。已過世十多年的寺廟住持，法號開種法師，有著非常傳奇的人生。她是日治時代高雄樓酒家三大紅牌之一的藝妲，名為李菊，又稱阿好，後來嫁給鹽埕副區長，更是一九五〇年代女性投入政治的第一位人物，曾參與過省議員的選舉。先生過世後選擇出家，擔任義永寺住持，寺內主殿建築有別於其他廟宇，傳說是住持法師翻閱外國雜誌指定建造。

每年總要來幾次的義永寺，背後還有這樣的故事，令她想起小時候書店隔壁的酒吧，有一位對自己很好的漂亮姐姐，她是吧女。

＊＊＊

時光轉回一九八〇年代。

書店鄰近巷弄散落幾間美容院，書店老闆娘時常輪流去熟悉的那幾家做頭髮，她都是中午吃過便餐後就去，才不會和別人擠，總是要把自己弄得美美的，才有自信，自己看了高興，丈夫也會覺得妻子依然美麗，她總是這麼說。

洗髮、吹整髮型、修剪手腳指甲和上色彩指甲油是雪莉每星期必做週課。下午兩點過後客人陸續上門，兩點到四點之間是尖峰時段，一些在酒吧工作的小姐也會在這時段來上妝髮。

書店隔壁有一間名為「玉蘭」的酒吧，主要客人多半是貨櫃船船員和鄰近幾家旅館的住宿客人，八九成以上都是外國人。

酒吧外一位年紀稍長、總是穿著西裝的門房，在門外招呼客人入坐，客人迎接入內，店內小姐上前迎接，他再出門繼續攬客。他有些沉默，看準了某位客人想進酒吧，才會出現在客人面前，不會隨意喊客拉客，所以一般路人也都在這排騎樓自由往來走動，不至於被半途攔截而覺得困擾。

七八間連棟長屋的騎樓上，腳踏車和機車停放一側、行人來來往往、小孩在外面玩跳格子和藏鞋子遊戲、擦皮鞋小哥正勤快為客人的鞋子打上蠟油、也有挑扁擔賣豆花、臭豆腐、蜜餞、水果的小販也各據一側做生意。

整臺豆花攤以竹子編織而成，一頭裝滿豆花鐵桶，另一頭是小缽碗、白鐵湯匙和小桶黃澄澄糖水，還有一桶清洗桶，豆花不油膩，沖一沖清洗完畢疊放歸位。豆花小販選了在書店和酒吧間的騎樓柱子，各種用具擺放妥當，也準備了幾張小凳子，開始做生意。

豆花口味有兩種，一種是豆花加糖水的清豆花，另一種是花生口味，在清豆花上面加一湯匙煮得爛透軟綿微有顆粒形狀的白花生。

「老闆，來一碗，我在這裡吃。」

「要加花生嗎？」

「好。」

「好，馬上來！」

「老闆，買一碗，糖水多一點哦。」書店小童工小玉從書店飛奔出來，她手上拿了一個大碗公，遞給豆花攤老闆。

「等一下喔，這碗先裝給這位客人。」豆花老闆開始忙碌，除了小玉，後面還有兩個人在等候，小玉喜歡吃這攤的豆花，蔗糖熬煮的糖水濃郁甘甜，豆花老闆在扁擔卡位前會先去書店後方製冰廠進一些碎冰，豆花上灑一些冰豆，在這酷熱時節，來一碗冰豆花最是清涼消暑。

「裝滿一點給妳。」豆花老闆也和書店熟稔了起來，多裝了一些給書店女兒。

擦皮鞋攤比較精簡，擦鞋匠只需背個木箱就可以，木箱打開有各種擦鞋工具和鞋油，兩張折疊椅，一張自己坐，一張供客人使用，五分鐘就可以把客人的鞋子擦得光可鑑人。攤位必須在酒吧前才有生意，若沒遇上豆花擔，擦鞋攤會擺在豆花攤的位子，若是兩個攤販同時來，他便改在酒吧和冰菓室中間的柱子。擦鞋小哥說，上酒吧的客人和要去華王大飯店的客人都喜歡到他的攤子擦鞋，把皮鞋擦得光亮才不失禮。

蜜餞攤也是挑個竹擔、選支騎樓柱子就開始做生意，兩個不及膝蓋高的淺型竹簍滿滿數十種各式各樣的蜜餞，烏梅、陳皮梅、羅漢果、酒李、蜜李、奶梅、紫蘇梅、話梅、脆梅、仙楂、橄欖，應有盡有，這攤主顧客是酒吧小姐、華王大飯店的女性住客、來來往往的逛街人群，小玉也非常喜歡，酸酸甜甜的滋味，如果加上一點碎冰，就是四果冰，滋味更是絕妙。

最難以抗拒的還是臭豆腐攤了，扁擔一頭是一鍋炸油，幾盤處理好但尚未炸過的白色豆腐，還有一大桶自製醃泡菜，另一頭則是洗乾淨的小盤，也有幾張小椅子給客人現場吃。豆腐丟進炸鍋，炸油的聲音「剎——剎——剎——」一聲聲入耳，刺激著行人的味蕾，豆腐表面逐漸膨脹隆起，變成酥脆油亮亮的金黃表皮，差不多可以起鍋了，先撈起到鐵網滴油，瀝乾後再放到小盤子上，用大剪刀剪成十字，淋上特製醬料、蒜泥和辣椒醬，再用鐵夾抓起一大把酸甜口味的臺式泡菜，熱騰騰的端到客人前享用。

只要是小吃零食，攤位上永遠都會有人圍觀佇足，看到有人掏錢買，一定也會吸引別人忍不住掏出幾個銅板消費。

大船進港時，騎樓總是加倍熱鬧。

接近下午四點，酒吧小姐紛紛入店上班，其中，有位酒吧小姐總會引起小玉的注目。

小玉有時中午放學回家時會遇到這位姐姐，她常常穿暗色衣服，在幾家書店出沒，又長又直的黑髮簡單束起，戴副學生眼鏡，不施胭脂，如果仔細注視，會發現她的五官纖細柔美，彷彿是一尊細緻秀雅的東方洋娃娃，似乎一碰就會碎裂。

小玉給她暗暗取了個外號，洋娃娃姐姐，簡稱洋姐姐。

洋姐姐似乎特別喜歡大眾書局，位於五信大樓附近，一間大型綜合中文書店，書籍都可以在這裡找到，小玉也常窩在這裡看免費的故事書，直到店員一直注視她，才戀戀不捨的離開。

洋姐姐很愛看書，她會在外文小說區佇足許久，有時也翻一下字典區，似乎在查什麼，然而她查字典時速度很快，一下子就闔上了書。

三點半左右，她踏出書店，直接到酒吧，進了門後就不會再看見她，她似乎不和客人外出，酒吧打烊都半夜了，小玉也無法繼續觀察。

中午到四點之間偶爾看到她，只是這樣的邂逅。小玉覺得這位洋姐姐和其他酒吧阿姨不太一樣，但又說不出哪裡不同。她會笑，只是微微的笑，多數時間甚至是沒有笑容的，洋娃娃也是不會笑的，美麗的臉龐總有一抹隱約的憂傷。

有天，小玉粗心沒注意紅綠燈就過馬路，不小心跌倒受傷，洋姐姐突然出現，扶起她，送她到書店門口。

「老闆娘，妳女兒在馬路上摔倒了。」

「哎呀，小玉妳是按怎，這麼不小心。謝謝妳帶她回來，哎喲流血了啦！阿珠，幫忙去皇冠藥局買紅藥水和ＯＫ繃！」老闆娘趕緊拿錢叫店員去買藥，嘴裡不斷碎唸：「這小鬼，做事毛毛躁躁的，走路也會跌倒，人家皇冠的兒子可不會！」

「不會啦，順路而已。」她微微一笑轉眼進了酒吧。

老闆娘有點驚訝，這位氣質美女是隔壁新來的吧女。她開始和這位洋姐姐攀談，老闆娘最厲害的本事就是可以瞬間跟任何人熟絡起來。

「淑惠，妳怎會去玉蘭上班？」

「家裡欠債，爸爸做生意失敗，過世沒多久，媽媽還要照顧一家子老小，同鄉一個鄰居也在玉蘭上班，反正都要賺錢還債養家，有鄰居照應也比較安心。玉蘭的媽媽桑算是很有道義的，先借了一筆錢給我應急，還能分月攤還，這裡的客人也比較有水準，就是陪喝酒聊聊天，我可以的，還可以練英文，哪天把債還完，存點錢，說不定可以出國留學。」淑惠似乎說著一個遙不可及的夢，那個光亮，在遠遠的一個小光點之外。

「唉，妳也是可憐人。」老闆娘聽過許多類似遭遇的吧女的背後故事，但更不捨的是，當她知道淑惠就讀大學外文系，大三休學，進到酒吧當吧女，不禁還是會同情幾分，「嘆一聲，天生這種命，美人沒美命。」布袋戲「苦海女海龍」就是這樣唱的。

「我算過了，只要多努力打拚一點，說不定兩三年就可以還清了。」

「淑惠，我店裡有缺一個早班店員，要不要多賺一份薪水，書店是沒多少啦，反正這時間妳也沒事，多賺一點是一點，妳英文比我好，書店會需要妳這種店員。」

淑惠一臉驚喜，連忙答應，一份正常的工作，她很樂意。於是早上九點到下午四點就是淑惠在書店的工作時間，酒吧媽媽桑體貼的讓淑惠晚十五分鐘上班，讓她有時間快速打扮上妝，十二點酒吧下班後，她返回和鄰居一起的租屋處。

淑惠沒有宿醉的問題，很多吧女都要睡到中午過後，被帶出場後還要繼續陪客人喝酒或其他私下性交易也不是沒有，但她還能堅持這條底線，只在酒吧裡工作，再多錢都不願意陪客人出去。

「淑惠啊，反正妳都在酒吧工作了，和客人出去多賺一些不是很好，說不定一年內就可以把債還清……」聽媽媽桑這樣講，淑惠不是沒有動搖過，但她還是咬牙撐了下來說不。

淑惠化名愛麗絲，玉蘭的愛麗絲擅長中文與臺語自不用說，英日語也是出乎意外的流利，日語是和家裡長輩從小學的，洋客人無不希望能和愛麗絲講上幾句話，沒多久，玉蘭的愛麗絲傳遍洋人圈。

淑惠擔任書店的早班書店員，拉開鐵門開始，一天開始的書店工作從掃地、拖地做起，擦拭書櫃及清理積在書封面的微小灰塵，一天必須至少從上到下做一整排，大約七八層長方形書格，隔日再做第二排、第三排以此類推，整個書店大概有三十排，擦完一輪就是一個月，書一個月沒擦過就會再積滿薄薄一層沙沙的灰。書店是開放式的，沒有空調也沒有密閉大門，店面又在大馬路上，非常容易積灰。至於中間的陳列架，那是每天必須擦拭的，半天沒擦，鐵定落下一層沙。

一般來說，早上來客較少，很多書籍整理上架及清潔工作都在早晨進行。淑惠很喜歡做這些基礎工作，小玉問她為什麼？淑惠說，做這些事可以讓心情沉靜下來。

淑惠人美，當然有許多追求者，她也會對追得勤的人說，她在隔壁工作的事，洋人多半不在意這種事，一而再、再而三的邀約，淑惠從來沒有答應，不論在工作上還是私生活上。

直到那個美國人出現。

他叫約翰，他是到高雄出差的美商駐臺辦事處高級職員，並非船員，年紀大上淑惠十來歲。每次到高雄加工區出差，必定下榻華王大飯店，下班後偶爾會去酒吧喝兩杯，隔壁書店是一定會去的地方，約翰喜歡看書，與船員客人不同的是，他到書店來選幾本暢銷小說帶回旅館房間讀，沒多久就發現淑惠不僅是酒吧裡的愛麗絲，也是書店的氣質店員，他默默觀察淑惠許久，漸漸為她著了迷。

約翰知道愛麗絲不接外出，他盡可能多為她點幾杯酒，聊著美國生活趣事，知道她也喜歡看書後，話題更是多了文學。淑惠當然也非常驚訝，在這燈紅酒綠的小酒吧裡，有人可以和她談莎翁和拜倫。

淑惠公開她的戀情之前，一直是很保密的，只有小玉知道。她總是帶著小玉和約翰約會，小玉也樂得一起去玩，每次出門約會就是兩三個小時，去大舞臺看電影、去西餐廳吃牛排、去西子灣看夕陽、到壽山頂看夜景、去百貨公司的兒童遊樂場玩耍，只要小玉想去，約翰自然滿口答應，討好愛麗絲，而愛麗絲帶著小玉也能當好理由——該送小玉回家了，老闆娘說她還沒寫功課。

小玉最喜歡的還是去新統一吃牛排了，這家高級正統西餐廳消費對一般人來說相當昂貴，市場的麵攤一碗湯麵十元，這間西餐廳的三人餐費、幾杯有年分的餐前酒、香檳、紅酒，還有主餐，至少耗費數百元餐費。餐廳服務生也個個英語流利，刀叉餐具用法、用餐禮儀，正統且講究，當然，這些禮節考不倒淑惠，而小玉只要開心吃就好。

約翰雖是美國人卻十足英式作風，紳士有禮，對淑惠是妹妹般的照顧，日子一久，淑惠漸漸卸下心防，約翰和其他那些酒客是不一樣的。

當大家知道約翰和淑惠開始交往後，他們已經在一起好一陣子，而且酒吧工作就做到當月月中。

「嗯，我跟媽媽桑說好了，約翰先替我把欠酒吧的錢還清了，我爸爸那裡的債，也還得差不多了。他和我求婚了，我還在考慮，債雖然還完，但還有一家子要養，不能丟給我母親不管。」

「唉，長女的責任啊，我懂，我也是家裡最大的，總是要多照顧自己弟妹一點，那妳打算怎麼辦？」

「我還在想，但酒吧的工作還是先辭了。可能先回學校復學，把大學念完，這也是我死去的阿爸的心願。」

「咦，這樣書店的工作也要一起辭了嗎？我記得妳的學校在臺北？」

「是的，很感謝老闆娘在我這麼困苦時願意幫我，我可以做到老闆娘找到人，教新人把書店工作做得順手為止，做到九月開學日也可以的。」

「這樣啊……這樣妳又要還約翰的債，又要養家，過得去嗎？」

「去臺北後，兼幾個家教，再找其他兼職工作，約翰的公司在臺北，也會介紹口譯工作給我，應該加減過得去。」

「淑惠，我希望妳可以做到八月底，暑假也幫我教一下小玉英文，她那個美語補習班，我覺得好像沒什麼用。哎，自從數學竟然考零分，我都開始擔心她上了國中要怎麼辦才好。」

「好的，我會開始教小玉一些基本英文文法，我看過她的補習班課本，生字都沒在背，這樣效果真的不太好。」

「那就拜託妳了，我會付家教鐘點費給妳的。我看約翰對妳真的不錯，每次來高雄出差一定會來書店找妳，沒想到就這樣在一起了，很替妳高興，苦日子就要結束了，辛苦妳了啊。」

阿菊老闆娘剛看完最新一集的電視劇《星星知我心》，看到電視裡的困苦人家奮發向上，總是感動落淚，不禁移情到淑惠身上，淑惠也是辛苦過來了，她一定會有更美好的未來。

淑惠聽老闆娘這麼說，眼淚也滴了下來。

她以為一生就是這樣了，還債、養家、把弟弟妹妹拉拔長大，為母親分憂，就樣就夠了？自己當過吧女，賣過笑，自己就算沒賣身，外面傳言也止不住，就算自己再怎麼美，不會有人願意為她明媒正娶，可能就像酒吧裡的姐妹，大概就是當別人的小老婆，沒想到在這個現實世界，還能遇到一個真心待她的約翰，而且願意等她。

去酒吧工作的原因，淑惠總是說家裡經商失敗，欠下大筆債務。她無法說出口的是父親幫助友人受到牽連，關入綠島多年，多年來為了營救父親，母親需要大量金錢想方設法替父親的減輕刑責，家裡不得不欠下多筆高額債務。父親好不容易出獄，卻因身體太過虛弱而病逝，然而債務雪球般越滾越大，她一咬牙，決定承擔這些家庭責任。

父母對這段過去閉口不談，家裡不談政治，免得再起波瀾。害得她墜落紅塵的原因，只因為家裡留有一本父親在大學時代讀過的書，被認為是左傾的證據，判定父親涉嫌叛亂，她的苦難就僅僅因這麼一本書而起。但她不恨那本書，她與父親一般熱愛閱讀，相信讀書會讓她暫時忘記當下的苦痛，那些人生苦難就當作是她來這世上的試煉。

一切就要過去了，她知道人生劫難已經快要結束，在還沒結束之前，還是要努力掙扎，好好培養充實自己，留學的夢，應該沒有那麼遙不可及。

第柒話——阿珍

我心內思慕的人
你怎樣離開阮的身邊
叫我為著你暝日心稀微
深深思慕你
心愛的緊返來
緊返來阮身邊

玉芬車上的廣播頻道突然播放了這首經典名曲，這是母親和大姑姑經常在哼的〈思慕的人〉。邁入中年的玉芬，或許是因為這首歌，想起了許久不見的大姑姑。多年不見，大姑姑還好嗎？心頭突然有些在意，那個年輕時愛美愛笑的姑姑，老愛問自己漂不漂亮的姑姑，現在是否依然安好？

向親戚問了地址，租了車往旗山駛去，她住在當地一家精神療養院。看到她的第一眼，幾乎認不得了，那個屈彎著身子，瘦瘦小小、面容枯槁、頭髮短得像男生的人，是誰？

「阿姑，我是小玉，妳記得嗎？」

「小玉妳來了啊，阿兄有沒有來？」

「爸爸已經去天上了啦，妳忘記了嗎？」

「爸爸來接我了，他在那邊……」

「阿姑，妳只是拉肚子而已，沒什麼大病，多休息就沒事了，以後我會常來看妳。」

「阿傑，我對不起你，你不應該娶我……」躺在床上的姑姑突然神智不清，講些玉芬聽不懂的話。

床上病人伸出枯乾的手想碰觸姪女，冰冷的手似乎用盡力氣緊緊抓玉芬不放；那手，和過世多年的父母的手一樣，是一雙歷經風霜與無奈、對抗命運擺布的手。玉芬想起父母臨終時只能用乳液一遍遍塗抹父母的身體，冀望手的溫暖力量，讓他們覺得安穩放鬆，稍稍撫平因空調而乾裂的皮膚與久臥在床的不適。然而現在手邊沒有乳液，只能用手心微加力量，讓姑姑冰冷乾裂的手，稍稍有些溫度。

想起母親喜歡按摩，玉芬扶起姑姑的身子，幫她在肩頸背附近輕柔撫按。

「我想要回家，阿兄怎麼沒有來？」她雙眼失神又重複問了一次。

「住兩天就可以回去了，昨天拉肚子要休息兩天。」

「阿姑，笑一個，我幫妳拍照，要笑得美美的喔，幫妳寄給美國的姑姑。」

「啊，阿瑄，她放學了沒？我要帶她去吃菜粽，她最喜歡吃灑滿香菜和花生粉的粽子了。」

依舊答非所問，但是她笑了，笑得好燦爛，千真萬確是玉芬小時候熟識的那個愛笑愛美卻被精神疾病糾纏一生的姑姑。

***

一九七四年。

「阿瑄，走！我們去二哥家！」

「咦，二哥今天回來了嗎？怎麼沒聽媽說？姊！等我！」阿瑄才剛下課，腳踏車剛好停在騎樓，急忙把書包往店裡一扔，追在阿珍後面小跑步。

阿珍和阿瑄是書店兩姊妹，兩人風格完全不同，除了鄰居之外，很少人會發現她們是姊妹。大姊阿珍二十三歲，個性隨和親切，臉型遺傳自母親，小小瓜子臉，五官立體分明，眼神清澈明亮，稍加打扮就如同明星般美豔，臉上總是掛著大大的微笑。只要阿珍顧店，書店裡永遠都有許多顧客，就像一朵在南國盛開的扶桑花。妹妹阿瑄戴支黑框眼鏡，還是學生，總是清湯掛麵，清秀拘謹，在省高女讀書，今年就要畢業，準備考大學，依她的成績要考上國立大學沒問題。這所學校是高雄女學生第一志願，能讀高中的人本來就不多，現在還準備考大學，讓父母親非常驕傲，街坊鄰居都知道瀨南街旁的那家書店有個很會讀書的女兒，日後鐵定能嫁到好人家。

更小的時候，姊妹倆就開始幫忙家裡書店的工作，隨著外國客人越來越多，進貨時越來越考量外國人對書店的需求，英文小說、航海工程參考書、英文雜誌、報紙……書店無不費盡心思進貨來賣，以增加收入。每年年末，她們主要工作之一是製作耶誕節飾品，身為三代都是基督教徒家庭，十分重視耶誕節，母親常去香港跑單幫帶些洋玩意兒回來賣，除了在自家書店販售，也會批給堀江商場的商家。她每年十一月都會親自跑一趟香港，帶回大量耶誕裝飾品、各種尺寸的耶誕塑料樹，讓教友家庭布置，大批高級耶誕卡則賣給美國大兵和外籍船員。這家書店首開先河，在書店裡播放節慶歌曲增加氣氛，進而提升買氣，許多貴氣太太就算基督徒也趕流行，買耶誕樹和飾品帶回家布置。

為了增加耶誕飾品項目，手巧的母親還設計了手作耶誕彩帶。姊妹倆四處收集被丟棄的香菸盒內的銀色錫箔紙，有時到香菸攤拿客人丟棄一邊的空菸盒、有時看到大兵抽完一包就上前和對方索取，姊妹倆會英文又可愛，向大兵們要這小小菸盒毫不費力。這些錫箔紙泡水後，黏性去除，卸掉另一層背紙，加上一層各種顏色的玻璃紙，細細縫起來，就變成非常漂亮的彩帶，可加強耶誕節裝飾，也是書店的人氣商品，每年都供不應求。姊妹倆從不認為這是苦差事，好像勞作似的，邊聊天邊做家庭代工。

姊妹倆都很喜歡二哥，二哥阿雄溫和儒雅，從小一向很照顧弟弟妹妹們，阿雄還在高中念書時，偶爾會帶阿瑄去新樂街吃早餐，再陪著她進校門。二哥在學校是個風雲人物，長得好看、是運動健將，會演話劇，女朋友還是校花，她彷彿在欣賞肖像畫似的，在鏡子前傻傻看著二哥整理儀容，筆挺的制服，帥氣的臉龐，有時不小心都會看出了神，直到二哥拍一下她的額頭才清醒過來。放學回家後，二哥和他的一票同學們時常在書店騎樓聊天，談笑風生的模樣，如此風景讓阿瑄捨不得離開視線。有時來了面生的朋友，阿雄都會招手叫阿瑄過來，介紹朋友給她認識，「這是我二妹，很會念書，在省高女讀書，她還小，你們要追她的話要先問過我。」阿雄總是這樣介紹她。

好看的男人身旁一定有漂亮的女人，校花女友是這樣，二嫂也是，二嫂還未過門前來家裡拜訪，她嬌嬌小小的，秀氣美麗的模樣，好美，登時阿瑄覺得自己是個粗魯大個兒，整個人笨拙無比，那時，她穿著省高女的白衣黑裙，阿菊二嫂微笑對她說，她穿黑裙真好看，好有氣質，自己沒辦法穿這類長裙，還是阿瑄穿好看。這段對話，她一直記在心裡。

二哥長大後，成為一個遊歷各國的遠洋貨櫃船員，四處旅行，每次回來都會帶新奇的小禮物送給妹妹們，阿雄第一次跑船送給阿珍名牌化妝品組，以往阿珍都是用母親的，阿雄看在眼裡，在日本挑了一盒給阿珍；而阿瑄得到的是毛線帽和圍巾，雖然高雄不太有機會用得到冬衣，但阿雄知道清晨拂曉寒流來襲時，騎腳踏車上學也是刺骨冷冽，更何況總有一天阿瑄必定會出國留學，先準備起來送她。兩個妹妹一拿到禮物又叫又跳，像是小朋友拿到新玩具那樣的開心。

二哥結婚後跟著大哥的腳步搬出母家，在華王大飯店附近租了一棟房子，一樓開了新的書店，二樓以上則是住家。二嫂阿菊年紀和大姊阿珍差不多，兩人個性投緣很談得來，二哥不在家時，她們常常聚在一起聊天嬉笑，也陪二嫂說話解悶，一起去逛街購物；若二哥在家，一定得往二哥家跑，因為聽二哥講國外趣事是件開心的事。

從小，大哥就分擔家裡書店工作重擔，平時沉默嚴肅，尤其是阿瑄之外的三兄姊，是母親改嫁前帶來的孩子，長兄如父，多年來繼父都對他們客客氣氣、採放任制，大哥則一肩挑起管教弟弟妹妹的工作，要求他們善盡家務工作，報答養父及生母的恩惠，她們比較怕大哥，不太敢多說話。

阿瑄進了高中後，才漸漸明白這些差異，但是血緣不同又如何，他們還是自己的哥哥姊姊，是家人，從小兄姊便一直照顧她和弟弟。

「先去買粽子，二哥說他想吃。」

「我也要吃。」

「吼！妳這樣會胖！到時候上大學就沒有人追妳了！」

阿珍捏了妹妹腰間一把，嘻嘻哈哈走向瀨南街市場，這裡有一家只賣肉粽、菜粽及味噌湯的小販（註1），南部粽做法是水煮，口感較為溼潤且黏實，肉粽包覆滷過的三層肉、蛋黃、花生；菜粽不是包蔬菜，而是純粹只有花生，花生香味隨著粽葉透散而來，剝開粽葉放在小盤上，一匙特製醬油膏、再灑上一匙花生粉，隨手抓一小把香菜，阿瑄看著老闆熟練的把粽子端給現場吃的客人，好餓啊！

她吞了幾次口水，終於阿珍買到粽子，趁著還熱呼呼的趕送去二哥家。

阿珍讀書不行，初中畢業就不升學在家幫忙，她很開心妹妹彌補了她的不足，很替她驕傲。阿珍對生父的記憶並不強烈，母親改嫁時她只有兩三歲，和大哥二哥不同，她沒有拖油瓶的感覺，一直到上小學，才赫然發現自己的姓氏和父親、弟弟妹妹不同，追問大哥後才知道過去的來龍去脈。

「那，我們的爸爸在哪裡？」她問過大哥。

「妳小時候剛出生，戰爭才剛打完沒多久，到處都很亂，爸爸看破紅塵，當了和尚。」大哥不知怎麼解釋這段往事給大妹聽，只能簡單說，若妹妹到處亂講，引來警察盤查就糟糕了，偶爾聽說某人被抓走沒回來，大家噤若寒蟬，生怕禍事無端上門。

「噢，爸爸會來看我們嗎？」阿珍問。

「以後有機會的。」二哥摸摸阿珍的頭。

阿珍提著粽子，腳步輕快，她迫不及待想和二哥說，自己交男朋友的事。

「二哥，阿傑好帥，對我也很好，我好喜歡他，我想嫁給他！」阿珍說了她男友的事，是菲律賓來的華裔美籍船員。

「什麼！你們認識沒多久吧？這麼快要結婚？」阿雄大吃一驚。

「這就是一見鍾情嘛，不管不管，我想嫁給他。」

「那妳要叫他去和爸媽提親啊，提了沒？」

「他下個月會來，我們約好一起去和爸媽講。」

「叫他要準備好聘金，媽媽很重視這個。」

「什麼？還要聘金？阿傑還是窮小子啊！」

「總之要有心理準備，聘金是禮數，爸媽不一定會收，但男方一定要提。」

幾次與父母的攻防戰之後，母親終於同意這檔婚事，小倆口說一切從簡，辦了公證結婚。完婚沒幾天，阿傑上了船繼續工作，說好半年後就會回來，帶她去美國定居。

然而，這半年卻起了翻天覆地的變化，變的不是阿傑，而是阿珍。

一次與母親的劇烈爭吵中，她突然衝進廚房，拿起刀子猛然往自己的小指砍下，母親送她醫院，她的情緒相當不穩定，無法鎮定下來，醫生只好下重藥，藉由藥讓物她沉沉睡去。

手指的傷是好了，精神情緒方面卻每況愈下，暴跳如雷、異於常人的狂笑、高亢的情緒越來越常發生，母親只好把她送往省立高雄療養院，南部地區治療精神方面疾病的專門醫院。每次有狀況就先往這裡送，漸漸的，阿珍總是動作遲緩，面容消瘦失神，嘴裡不斷喃喃重覆說著——我沒病我沒病不要關我。

家人無計可施，只要阿珍發作就把她送去醫院。母親心想，是不是新婚丈夫沒回來的關係，於是聯絡阿傑趕快回來臺灣處理。

阿傑專程搭了飛機一路趕回高雄，他不敢相信那個溫柔的阿珍，怎會變成這樣。阿珍正在躁症發作期，她嘶吼著叫阿傑離開，她用許多不堪入耳的言語攻擊那位新婚不到半年的愛人，不得已阿珍又被送回醫院。

「怎麼會這樣？」阿傑失神在客廳呆然而坐。阿瑄在廚房煮了一碗麵，端給阿傑姊夫。她也很震驚，然而這半年光是處理阿珍的事，家人都已精疲力盡。

「剛剛阿珍清醒了一陣子，她說她有病，不要拖累你，要和你離婚，我覺得這樣也好。你要是把阿珍帶去美國，也沒人可以照顧她，一樣要去醫院，你還得工作，還有大好人生，就把阿珍忘了吧。」母親從醫院回來後，拿著離婚申請書遞給阿傑。

阿傑兩天後搭機離臺，一個月後把蓋好章的離婚申請書寄回。

阿瑄心疼姊姊，不想離開家裡太遠，志願只填了臺南的成功大學，放棄一心嚮往的北部大城名校。她說，沒關係，成大也很好，坐火車一小時就到了，隨時可以回來看姊姊。

轉眼大學也將畢業，學校老師鼓勵成績優異的阿瑄去美國深造，但她遲疑許久。姊姊的醫療費用想必是一筆相當大的花費，如果自己再出國，可能會給父親和兄長們很大的經濟壓力。這個問題還是給父母決定好了，能出國就出國，不能也不強求，成大畢業很好找工作，待遇也都不錯。

長輩們很快決定讓阿瑄赴美，孩子有心繼續讀書，一定要支持，女孩子也可以光宗耀祖，美國是經濟強國，生活環境也是世界之冠，這年頭有辦法到美國的，就算跳機非法入境也要去闖闖，如果念完書可以在美國找到工作，拿個綠卡，再把小弟帶過去更好。

於是阿瑄在吃完年夜飯的幾天後，搭機到美國讀書，從此再也沒和姊姊一起吃團圓飯，一去四十年。而阿珍則在精神疾病折磨下，進進出出療養院，家人只要有空就會領她出來幾天，孩子們看到愛笑的大姑姑也非常開心。

最後幾年，她和生父共同生活一陣子，一起信奉佛教，念經持咒，也吃素了一段時間，理解人生苦難與世間輪迴之苦，直到生父過世為止，她笑著送父親最後一程，恭喜父親離苦得樂，之後自願再回到療養院。

「媽媽，我很好，療養院也很好，我喜歡這裡，妳和爸爸去美國住吧。」

「放妳一個人在療養院，我不放心。」

「不會啦，我已經住習慣了，你們好不容易退休，阿瑄也叫你們趕快去幫她帶小孩，你們一輩子操勞，早就應該享福了。我現在很平靜，一切都很好，你們就不要擔心了，大哥二哥他們會來看我的。」阿珍臉上依然掛著深深的笑容。

「阿珍……」強勢的母親難得掉了眼淚。

＊＊＊

玉芬離開療養院兩天後接到親戚通知，大姑姑已經在睡夢中離開人世。

「阿瑄姑姑：

前兩天我去探望阿珍姑姑，她說阿公來接她了，她還說要帶妳去吃菜粽，妳去美國那麼多年，一定很想念菜粽的滋味。下次回臺灣，記得去吃喔。隨信附上前兩天幫大姑姑拍的照片，她笑得好燦爛，就像我們認識的年輕愛美的她一樣。

小玉敬上」

註1——瀨南街上的粽子攤後搬至新樂街尾，人稱「阿伯肉粽」，至今阿伯身體仍然健朗，清早出來賣，中午收工。

波光粼粼，一位老婦坐在起居大廳的落地窗前，遙望著遠方海洋陸續進港的船隻。

這是二〇一九年春天，松本英子入住靠近橫濱郊區鄰海的一處老人公寓有兩三年了，她的老伴在更早之前就離世，兩個兒子早已各自成家。大兒子繼承父親的診所，是一位街坊開業的醫生，二兒子則在大型外商公司擔任高階經理人，最大的孫子都已經大學畢業，剛進一流企業工作。家人每兩三個月固定探望她一次，她認為每個人都有生活要過，不需常來，偶爾聚一次就夠了，這輩子都為先生和孩子而活，如今丈夫先離去，孩子都成家立業了，最後的人生階段裡，英子想要有自己的獨處空間，在精神上或空間上都是。

她堅持搬入老人公寓，不想給任何人添麻煩，安靜生活度過晚年，時時回憶過往，心情安寧自在。她慶幸自己目前為止還沒有什麼太嚴重的病，還能自由散步行走，心血來潮時，可以告假到鄰近商店街逛逛，買買東西，偶爾鄰房室友靜子和愛子也會一起出門，一人逛街也好，兩三人同行也好，都樂在其中。

櫻花樹已經含苞待放，天空萬里無雲，雖然有點涼冷卻是朗朗好天，滿開的櫻花應該下週全數登場，她愛淡淡粉紅的染井吉野櫻，可惜花粉症纏身，無法長時間待在櫻花樹下，花粉引起的過敏症狀會讓英子整天打噴嚏，引發各種不適，只能遠遠在室內空間遠觀，等於整個櫻花季節必須避免出門，所以，趁此時趕緊四處走走，否則再出遊要等櫻花季結束才行了。

中午飯後，她便和愛子預約好老人公寓的接送巴士座位，大約半小時後便來到橫濱最熱門的市街，愛子去添購一些毛線，英子去紀伊國屋書店逛逛。

找特定書籍，英子多半選擇大型連鎖書店，像紀伊國屋書店或淳久堂書店，又大又寬敞，書種齊全，隨興在各書櫃間來來去去，走累了還有咖啡店和適合女性一人待著的小洋食店，逛整天都不會累。如果天氣適合悠閒散步，英子喜歡去稍遠一點的吉祥寺、西荻窪、荻窪一帶的獨立書店尋寶，這些小書店雖然書不多，但是店主都很有個性，擺出來的書都會讓她眼睛一亮，充滿驚喜。

最近她從電視情報節目上得知了一間書店——「書店公寓」（註1），讓她非常驚喜，書店裡的書格子一格格出租，像是出租套房公寓那般，讓租客任選一格空間，帶來想賣的書，自行布置書格，價格自訂，若有賣出再支付手續費給書店房東。一本書若訂價五百日圓，一個月賣十本就夠付房租，一圓想當書店老闆的夢。每個格子有不同風格，像是七十多家書店老闆在這裡共同生活，分享他們的愛好，這些書格子有歷史、自然、科普、繪本、插畫、手作工藝、文學、漫畫、料理、生活風格等等，非常用心裝飾陳列自己的格子，書格主人也經常更換選書，英子在這裡看到數十位愛書人的心情，讓她非常感動。

自己住的老人公寓裡有圖書室，英子主動參與圖書室工作，勞動工作可能做不來，為公寓鄰居房友提供諮詢、擔任圖書館選書委員，則義不容辭。閱讀和逛書店一直是她的興趣和習慣，雖然有點老花眼，幸好症狀並不嚴重，還能閱讀。這個興趣是什麼時候開始呢？五十年前在書店工作的時候？還是更早當她只有十幾歲，還在臺灣的時候？

說到臺灣，那是她的原鄉，高中還沒畢業便隨父母移民到日本，將近一甲子了。在紀伊國屋書店閒逛感覺輕鬆自在，一眼看見旅遊專區有一個不小的空間特別陳列全是介紹臺灣，她停下腳步，拿起一本封面有大大「高雄」二字的雜誌特集。

她隨意翻動那本雜誌，鼓山渡船頭的照片映於眼前，那片西子灣的海，與橫濱的海相連，然而她看不到青春年代的西子灣。她不禁紅了眼眶，她的故鄉，那個初戀情人，阿雄，他還好嗎？如果他還在，也七十多歲了。

她決定帶走那本雜誌，和幾本預計要買的書，這樣就夠看一兩個月了。

二十一歲那年，與阿雄在橫濱山下公園分手還歷歷在目，心痛三年，悔不當初讓阿雄同意分手這件事，雖然試著和別人交往，仍無法忘記阿雄，阿雄與她道別時，那最後一抹憂鬱的眼神、還有過往十幾年的回憶，每次不經意想起，總讓英子窒息般心痛。大學畢業後，她選擇進入一家連鎖書店工作，隱隱約約和阿雄老家是書店有一點點關連，她執意的想，在書店工作，就不會忘了生命中最重要的時光。

記得分手後三年，一次回鄉祭祖，英子聯絡了阿雄。

那時，松本英子還未嫁，還叫做林淑英。

「阿雄，我是淑英，下個月我要回高雄一趟，你會在嗎？我和家人要回去祭祖，會待幾天，剛剛也聯絡了幾個同學，想要和你們大家聚一聚，哎呀，我離開六七年了，聽說阿祥和阿惠都結婚了，好想念同學啊……」

淑英一接通電話，不由自主地快速講了一大串，聽似明快清亮，其實緊張得不得了，她怕阿雄冷冷的掛她電話，她怕阿雄說他那個時間不在臺灣，更怕阿雄說他已經結婚，難得假期要陪老婆小孩……

「喔，我那時候剛好放假，好，再聯絡我。」

她如釋重負聽到阿雄說出這幾個字，第一關總算過了。淑英和阿雄有共同的朋友、鄰居、同學，她知道他還沒結婚，她知道阿雄不會輕易忘了她。那天的同學會，終於和阿雄再相見，心裡激動不已，她想馬上和阿雄說，她想念他，想和他重回那段幸福時光，她可以回臺灣，在臺灣找工作，她……

可以和阿雄結婚。

那天，幼小玩伴相聚，淑英三年不見阿雄，他變得更黑了點，一樣沉默不多話，聚會結束後，朋友們各自找了藉口要各別離去，大家無不是一個心思：拜託你們復合吧。

阿雄送淑英回家，原來的住家還在，沒有轉手他人。

「沒想到這塊空地蓋了一家這麼高級的旅館！」走在路上，不經意看見了一棟建築，前方滿滿一條長龍是計程車在等待排班接送客人，也有不少私人司機駕駛高級轎車正等候老闆交際應酬結束。

「嗯，是華王大飯店，大概是妳離開的兩三年後蓋好的。」

「大新百貨還是一樣熱鬧！我要去坐『流籠』（註2）！」

「嗯。」

「阿雄，我還不想回家，好久沒在鹽埕埔逛逛了，離開好多年了，改變真大！你可以陪我四處走走嗎？剛剛吃好飽，要散步消化一下。」

「嗯，好。」

看到大眾書局，淑英便一頭鑽了進去，抱了十幾本書出來。再走到百成書店，又買了一大疊。

「我好久沒看中文書了，每天看日文，真的超煩的。」阿雄幫她提著書，看著她像隻快樂的小鳥般飛舞。

「我想去吃圓仔冰！」

「妳不是說吃很飽？」

「哎喲，點心是另外一個胃嘛！」淑英興沖沖快步走著，路過正美禮服時，突然停了下來。

「好漂亮喔。」她望著櫥窗裡的白色婚紗，捨不得離去。吃完圓仔冰，淑英的鄉愁才似乎稍減了些。

「阿雄，你等一下有別的事嗎？我們可以去壽山走走嗎？當然啦，我先把這包書提回家放。」

「好，我陪妳去。」

他們沿著五福四路直行，在人潮中緩緩前行，經過了亞洲戲院、國際商場和至誠堂書店，再過去是一長排的狹小店舖，好幾家在製作蒸籠，她一路慢行，遇到手藝人忙於編織就會看上好一陣子，對於青少女時代就已離臺的她而言，再度相逢特別懷念，就像她和阿雄一樣。

前方咚咚咚聲響，火車來了，平交道柵欄緩緩下降，幾個行人和腳踏車加快腳步趕緊衝過去，這柵欄要是完全放下來，等火車通過才能解除禁行。火車，要去哈瑪星。

「我去了橫濱之後，才知道哈瑪星是日文。」淑英站在柵欄邊等待火車經過。

「平時用臺語念習慣了，沒特別留意，原來也是日本名。」

「對啊，Hama（哈瑪）是日文『浜』（はま）的念法；Sen（星）則是日文的『線』（せん）的念法，這是一條臨港口的鐵路，所以稱之為『浜線』，再改成中文漢字就變成『哈瑪星』了。」

「有念大學有差喔，學問也變好了。」阿雄看著她說。

「我只是思念家鄉，思念這裡的人。」淑英望了一眼阿雄。

一路無語，兩人沉默了下來，沿著階梯來到忠烈祠前展望臺。忠烈祠在日治時代是高雄神社，佇立在高雄市區制高點，鳥瞰全市風景。

遠遠望出去，高雄港有十多艘大貨櫃船，等著排隊裝卸貨櫃，還有幾艘較小船隻，是漁船、是渡輪，還有小型客輪穿梭航道之間，藍天依舊是耀眼的藍，時節已進入初夏，早晚仍有涼意，然而日正當中的氣溫已經超過三十四度。

淑英遠眺那片海，久久無語。阿雄跳上展望臺，眼神示意淑英可以坐上來，像以前念書時那樣。

「阿雄，我真的很想你。」她停頓了一下，決定全部說出來。

「雖然已經過了三年，但是我沒有辦法忘記你。」

阿雄仍是望向遠方，臉上讀不出表情。

不知坐了多久，阿雄終於開口。

「回不去了，我也忘不了你，但是回不去了，而且我已經交了女朋友。」

天色漸漸暗了下來，兩人的心情也隨之暗沉。

＊＊＊

英子看著雜誌裡的照片，過了半世紀，心痛已經撫平，然而那淡淡傷痕總是在那裡，究竟還是無緣吧，她想。從那次分別後，再也沒有見面。最後一次試著聯絡阿雄，卻想見也見不到，那是二十年前的事。

那時已經五十多歲，是個半老婦人了，隨出差的二兒子來到高雄，她先找到阿雄的太太阿菊，留下了名字和旅館的電話，等阿雄和她聯絡。但是阿雄不願見面，她接到阿雄的來電，講幾句就掛斷了。

「淑英，我們都老了，不需要敘舊，妳過得好就好，我這輩子就差不多這樣了，不要打破彼此平靜的生活吧。」他的聲音聽起來沒變多少，但似乎有些淡然的冷漠。我是淑英啊，他已經把我們以前的事忘了吧。

英子母子倆入住華王大飯店，華王已經有點老舊模樣，兒子說可以住更好的旅館，但她堅持要在鹽埕埔，想住在小時候生活範圍內的旅館，四處散步走走也很好，而華王大飯店在日僑圈裡還是有點名聲的。

聽阿菊說，阿雄老了之後更孤僻，不喜歡說話也少與親友往來，循著自己的節奏，活在自己的世界裡。阿菊還說他們一直是不幸福的，阿雄脾氣相當火爆，相處不是吵架打架就是冷淡以對，隨時都在鬧離婚、無時無刻不吵架，她為了孩子一直在忍耐，覺得心累就隨他了。

阿雄的脾氣暴躁嗎？她想了好久，沒有那樣的記憶。

英子到以前常去的壽山忠烈祠看市景、也到了他們小時候常去的鹽埕教會、從鼓山渡船頭搭船往旗津、到中山大學看海，她始終未曾在路上和阿雄相遇。

闔上雜誌，輕輕嘆了口氣，阿雄，你還好嗎？

七十多歲了，這次再回家鄉，應該是人生最後一次了。

＊＊＊

幾天後，淑英從羽田空港來到小港機場，出發前，試過各種管道，好不容易聯繫上阿雄的女兒玉芬，她推薦了一處剛開幕沒幾年的新旅館，還幫忙訂妥三晚房間住宿。電子郵件往來幾次後，堅持要到小港機場接她去旅館。

「淑英阿姨，請不要客氣，雖然沒有見過面，但我從小就對您很熟悉喔。」玉芬自學了好幾年的日文，為了拉近距離，不時在信裡夾雜幾句日文，也告訴她若中文不太會使用，以日文回信也可以，她的程度已經能閱讀報章雜誌。

「我爸爸雖然沒受過日本教育，但他非常喜歡日本，不會日文，卻很喜歡看ＮＨＫ，常常問我他聽不懂、看不懂的情節。就連他的個性，一絲不苟，非常認真嚴謹，也很有日本人的習性呢，我常想，一定是受到淑英阿姨的影響吧。」

淑英已經從玉芬那裡得知阿雄在幾年前已經過世，母親則是在更早幾年離世。

她數了數，過世時，阿菊才五十幾、阿雄也六十多而已。她嘆氣。

遠遠的看到一位中年婦人和她揮手，和兒子也差不多大，她一看到玉芬，馬上認出來，和爸爸長得真像！

「您是淑英阿姨吧，您好，我是玉芬，行李讓我來提吧。」

「妳好，是小玉啊，妳和阿雄長得真像啊，尤其是鼻子和眼睛。」

「是啊，您一眼就看出來了，很多人說我長得像爸爸，個性像媽媽，自從我爸媽過世後就沒有人喊我的小名了。」玉芬淡淡一笑。

「我們先去辦入住手續，那間旅館就在七賢三路和公園路交叉口，鹽埕教會旁邊，雖然沒有什麼裝璜，但是簡單乾淨，通風也好，我已經請旅館幫您留一間有落地窗可以遠望高雄港的房間了。」

「這次真是謝謝妳，專程來接我，還幫我訂了旅館。」

「淑英阿姨，您是父親的老朋友，是長輩，這點禮貌是應該的。您先進房間休息一下，這一趟飛機也挺累了吧，晚上六點鐘在大廳見，我們一起去吃飯。」

淑英三點多踏進了房門，心裡暗暗感激玉芬的體貼周到，自己年紀真的大了，需要休息緩口氣才行。她打開落地窗，遠遠紅色牌樓是斗大的高雄港三個字，再遠一點就能看到海。

她彷彿能吹到海風，因為旅途而稍嫌凌亂的銀色髮絲被風吹拂。阿雄，我回到家了啊！她安心的靠在床邊，不自覺睡著了。

六點鐘，淑英來到大廳，她對玉芬說想吃比較有古早家鄉味的簡單晚餐，老人家吃不多，淺嚐就好。

「這樣的話，我們去大溝頂吃碗粿吧，淑英阿姨以前吃過嗎？」

「這家還在啊？那時大溝頂可熱鬧了！碗粿是叫阿助，是嗎？」

「對，碗粿助，老老闆好像不在了，老闆娘還在，兒子也在。那間碗粿我從小吃到大，就算臺南或麻豆的名店，也無法取代這家碗粿在我心目中的地位。」玉芬帶著淑英沿七賢三路往大溝頂方向走去。

「小玉，可以多說說妳多桑的事嗎？我很想知道。如果可以，我想明天去祭拜他。」

「好的，我們先去吃碗粿，再去吃圓仔湯當飯後甜點，我爸媽也非常喜歡吃，在大溝頂的五福四路和七賢三路交叉那一側。」

「連圓仔湯都還在！請務必帶我去。」淑英的思緒回到五十年前，最後一次和阿雄相見時，一起去吃圓仔湯的情景。

＊＊＊

隔天早晨，玉芬帶著淑英到義永寺。她們先在大殿上香，隨後來到後側靈骨塔處，點了一柱香。

「爸爸、媽媽，我帶你們的老朋友來看你們喔，這是淑英阿姨。」玉芬打開靈骨塔裡一格一格的金色方型箱子，裡面是骨灰罈，阿菊的照片已經模糊，而阿雄的照片還非常清晰。

玉芬打開一旁的窗戶，讓新鮮的空氣吹拂入內，再拿了兩張椅子放在窗邊，淑英直直望著骨灰罈，久久無法言語，玉芬不打擾淑英，拿出一本小冊子，喃喃念起佛經。

不知過了多久，玉芬誦念完畢，收起佛經，淑英略紅的眼睛也止住了淚。

「妳剛剛念什麼呢？」

「這是心經，這部經典最簡單，念完一次只要三分鐘，我每次來都會念個五次十次，迴向給爸媽。」她笑了一下，「小時候不懂事，沒有好好陪伴他們，等他們過世了，我才知道要珍惜，但也來不及了，只能稍稍花一點時間念經迴向，希望冤親債主遠離他們，替爸爸媽媽祈福，他們這輩子都太苦了。」

「我想，我爸爸一生最精華、最開心的時間，應該還是和淑英阿姨一起的時候吧。從我有記憶以來，爸媽就不斷吵架，我媽還曾經想自殺，多次被我搶下刀子和農藥，逢年過節更吵得不可開交，親朋好友勸架都沒辦法，他們不知說過多少次離婚，吵架時一定會有您的名字。」

「呃，對不起……」

「不是淑英阿姨的錯，不要道歉。」

「我爸爸在我國中時就不再當船員了，您能想像一隻魚在陸地上要如何奮力掙扎嗎？他總說為了我媽和他的女兒們，犧牲了自己……」

「經濟層面是還好，我爸很會理財，投資眼光精準，但精神層面卻是一直鬱鬱寡歡，可以一整年都不和我媽說話，每天活在自己的世界裡，看日本的電視節目，看日本的一切，築起自己的高牆，只允許他想交流的人進入他的世界。」

「阿雄竟然是這樣。」淑英的眼眶又紅了。

「而且，我爸是不會日文的喔，竟然可以看NHK一整天，我和妹妹偶爾帶些不錯的日本電影DVD給他，他也能不斷重看。」

「我媽也很可憐，二十出頭嫁給我爸，得到人卻沒得到他的心，我媽四十出頭就已經肝病吐血，拖了十幾年，五十多歲就過世了。前些年看到她的日記，才知道我媽這麼愛我爸，但始終得不到回應。」

「不過，我媽離世前那段日子，我爸似乎回過神來好好照顧我媽，我能感受到她覺得幸福，然而好景不常，最後發病後大概半年，我媽媽就走了。她過世後，我驚覺父親竟然會思念我媽，我以為他會如釋重負解開人生枷鎖，但沒有，他似乎很後悔，沒有對我媽好一點。」

「總之，是一段相欠債的夫妻孽緣吧。更早幾年，從姑姑那邊聽到您們的故事，如果，我爸和淑英阿姨能更勇敢一點，或許人生就會不一樣了。不過，那就沒有我這個人了呢。」玉芬笑了笑。

＊＊＊

玉芬送淑英回旅館後，因為工作關係必須先離開高雄，淑英堅持可以自己在鹽埕埔四處走動，不需要擔心。

旅館幫忙叫的計程車來了，她想去西子灣，那是常和阿雄一起看夕陽的所在。

「淑英，妳看，船要離開了！總有一天，我也會開著這樣的船四處旅行！」

阿雄綻開笑顏，在紅豔似火的夕陽餘暉裡，閃閃發亮。

註1——「書店公寓」日文名為ブックマンション，位於日本東京吉祥寺。

註2——「流籠」意指手扶梯。大新百貨最有名的噱頭是架設了全臺灣第一座電動手扶梯，一九五九年啟用時，造成大轟動，許多人來逛百貨公司必定要去坐手扶梯，還有服務小姐在手扶梯旁服務顧客。

第玖話——玉芬

玉芬打開塵封已久的木箱，多年前她花了幾天時間，挑撿一些照片和文件，也選了一件母親在世時最喜歡的墨綠色薄紗連身洋裝，收拾完畢帶回北部住處封存在儲藏室。老家賣掉之前，多數家具舊物都無法搬走，她只帶走這口木箱。過了這些年，她似乎有勇氣打開了。

木箱裡，有許多她視為寶貝的舊物，一本淺灰小筆記本封面頁上有「媽媽遺書」四個字，她想起母親過世前交代諸多事情，那時找了一本空白小冊，讓母親還清醒的時候可以自己記錄起來，沒想到，真的成為人生最後的留言。

辦完母親的告別式，打開看了一遍後狂哭不止，她鼓不起勇氣再看一次。那天，她看見突然老了十歲的父親滴下從來沒有看過的眼淚。

「阿雄，今生我害了你，浪費了你的人生，不曉得應該如何還你。但我不希望有來生，我們夫妻一場，就一筆勾銷吧，原諒我。」遺書裡有段話這樣寫。

母親到底欠了父親什麼？她不懂，唯一可以猜測的，或許是逼迫父親不要再去跑船，但若是父親真心想跑船，那就去啊，她不懂為什麼父親總是有志難伸的模樣。

過了些年，她試著理解父親所思所想，他希望能有一個完整家庭的模樣，不願意家裡少了父親的位子，所以放棄跑船。家，就是要有父親、母親和孩子，不要像他小時候那樣，沒有父親，母親也不在意他，至少他是最被忽略的孩子，從小沒有父母親關愛。

然而，他維繫了一個家的形狀，不賭不嫖不酒無外遇，沒有任何不良嗜好，最後連一天兩包的長壽菸都戒了，有房有車有存款善於理財，除了脾氣暴躁些之外，是一個理想父親的模樣。

然而，父親永遠活在過去的美好歲月裡，時光如果重來，他是否不會選擇和母親結婚呢？他是不是會去挽回初戀情人？

如果，母親不要那麼在意父親，不要在二十出頭還是大孩子的年紀就結婚，多交往幾年，她是否會放棄父親，讓他離去？

時光已逝，不會有答案。

母親又愛又恨又愧疚的人生，百味雜陳，臨終前寫了這幾句話，父親應該也是同樣的心情吧。

突然，她想回去看看，再看一次自己成長的地方。

＊＊＊

近鄉情怯。

玉芬在慶芳書局樓下佇足徘徊，離開家鄉這些年，沒有再回去鹽埕埔，沒有走進過慶芳書局，那些只能追憶的人事物總是感傷，一如她賣掉了那棟父親白手起家的老房子，多年過去，她不敢過去看那棟房子，那是父親年輕時以己之力買下的一棟郊區小屋，如今那棟小房子已展開另一個家庭的全新人生，原先遍地都是稻田風景也早已變成樓房與大馬路，原本只容一人行走的田梗，築起一座車站，連火車都不在路上行駛了。

她害怕去看老房子原址，連老家附近的手工蛋餅店也不去光顧。那間從一家小小手推攤子起家的早餐車，如今已經是排隊名店，父親總是一大早就去買兩三套早點，煎得焦黃外層酥脆的麵糊蛋餅配一杯濃濃的紅茶豆漿，蛋餅加上自己愛吃的甜味醬油膏，蛋香味總是能喚起熟睡賴床的遊子，還沒梳洗完畢就迫不及待大塊朵頤。

思緒更飄遠一點，自從玉芬父親在郊區買下那棟小房子後，全家搬遷過去，書店二樓另作用途，有時玉芬自己坐公車上學，有時父母開車一同到鹽埕埔，小孩上學、大人則準備開店工作。如果那天提早到校，父女三人還會一起吃早餐，在新樂街小巷弄裡那家早已消失不見的早點店，她總是享用一只小小的湖州粽，剛剛剝開粽葉還冒著熱騰騰的氣味，擺放在白色小淺盤裡，秀雅精巧的小粽子一口一口仔細咀嚼，似乎呼應銀樓街這十足真金的街道才有的貴氣與優雅。這只粽子不便宜，大概是兩碗湯麵價，父親總是叫一碗鹹豆漿，加一根現炸油條，豐盛澎湃的鹹豆漿碗裡漂著豐富的配料，宛如父親的人生碎裂多樣，各種滋味無法言喻。

早點店已經不在，還好原地的金溫州大餛飩還開著，而且已經是人氣名店，店鋪重新裝修，明亮且擴充了空間。她進去點了一碗餛飩湯和一塊炸排骨，一碗湯裡滿滿的大片餛飩皮，柔順口感總能點燃她的鄉愁。

大勇路上曾經萬人空巷的大新百貨已經夷為平地，百貨公司旁的生生皮鞋也不見蹤影，光復戲院和麥當勞呢？愛河旁的地下街呢？那時她陪過許多書店店員和男朋友約會看電影的地方，當小電燈泡的日子也不在了；在麥當勞打工的日子不過是三十年前，已經變成捷運三號出口。

整條大勇路空蕩蕩，令她瞠目結舌，十六歲在麥當勞打工，由於農曆年能加倍計薪，她自願排班，每天在麥當勞櫃臺站足八個小時，點餐客人排隊行列總是那麼長，戲院永遠是滿滿的觀眾，這裡是最最最繁華的熱鬧商圈啊！

就像那天她經過大舞臺戲院原址，那個看了《亂世佳人》、《十誡》諸多經典電影的地方，赫然發現戲院已然不見，一棟嶄新無比的華麗集合住宅拔地而起。

鹽埕國小前的國際戲院也已經消失，變成停車場。亞洲戲院成為亞洲大樓，已經老舊不堪。

堀江商場也好、國際商場也罷，宛如遲暮美人般，時光停下來了，停在三十多年前的某一刻。

鹽埕國小操場後方原有一大片狹小木造民居已經鏟為平地，變成空曠的街邊公園，好幾位同學曾住在這裡。操場後方的大樹曾經是她每天被分配要打掃的工作區域，說是打掃，其實都在和同學追逐遊戲，是最自在的午後時光。

ＳＫＢ鋼筆公司那側的校園，老師的宿舍已經不見了，變成往駁二藝術園區的另一個捷運出口。九歲的她曾經在狹窄的日式木造建築裡，給了老師一個白包，她不知道那是奠儀用的白包，只覺得上面的花紋很美，拿來裝班費遞給老師。

老師有些吃驚，後來打電話給母親才化解了誤會，這小妮子不是詛咒老師啦，母親大驚失色，急急解釋著。

老師對不起，我真的不是故意的。玉芬憶起這段往事不免還是有些歉意。

賣山東大餅的大叔呢？騎樓擺書報攤的老闆呢？賣小孩零食的壁攤老闆娘呢？

人會老，也會死，生老病死再正常不過，美黛的〈不了情〉歌聲開始在她腦海裡盤旋。

把漫天思緒略略收回，還是先鼓起勇氣上樓，一如十一歲的她爬上樓，家裡書店沒賣參考書，得去慶芳書局買，她期待趕快買到《圖解數學》參考書解答本，課本很簡單，參考書很難，出題都從參考書選題，沒讀參考書光看課本，考零分也是剛好而已。慶芳書局歷史悠久，鹽埕埔只剩這麼一家超過七十年的老店。

那天，升上小學五年級的她拿著零分數學小考考卷回家，煩惱得不知如何是好，共有十多人抱了鴨蛋，算是新任導師給剛升五年級的學生下馬威，新任老師以兇狠出名，會打會罵的才是認真的好老師，許多家長都還要走後門才能進到這個班，好不容易進了這個班，還要再拜託老師嚴格管教，打罵越重越好、功課越重越難越好。

她有一種恐慌感，不知為什麼被編入這班，明明同年紀的堂哥不在班上啊！

零分考卷並非課本內容，她根本不會，又要如何解釋為什麼只有少數幾個零分，其他學生沒有，甚至還有同學一百分呢？

她淚眼汪汪，硬著頭皮去和母親講自己考零分的事，沒有家長簽名無法去上學，鐵定會有嚴厲的處罰。

她哽咽哭訴，大家都買了《圖解數學》。

母親默默簽了名，給了她買教材的錢，撥電話給老師道歉。

於是，她開始去老師那裡補習，使用《圖解數學》當講義。

老師常更換地方，有時在五福四路的得恩堂眼鏡店樓上、有時在建國四路同學家開的中藥房樓上，有時在公寓頂樓，宛如遊牧民族似的經常在換，七賢三路上的麵包店附近一棟公寓大樓是其中一個根據地，正在長大的孩子總是饑腸轆轆，買個出爐不久的熱麵包吞下肚，上樓繼續學習。

擺上幾張長桌長椅，搬來一張黑板，就能開始上課了。放學後去老師那裡補習，一方面和老師打好關係，二來抱鴨蛋的慘狀應該不會再發生。

書店的女兒考零分？這要是傳出去真的丟臉丟大啦！

補習內容是平時學校不會教的數學，一旦家長擔心就非送小孩去補習不可。數學家庭作業二、三十題是基本數量，小學高年級的數學非常重要，如果不能奠定基礎，國中怎麼辦？高中該怎麼考到好學校？沒讀好學校如何能送小孩出國讀書？這是不少鹽埕埔父母親的焦慮。

「小玉，你願意的話，媽媽也是可以把你送去美國姑姑那邊讀書。」書店雪莉老闆娘經常這樣說。但她不願意，堂哥去了一學期就回來了，一定很可怕，還是待在熟悉的地方就好。

每天的數學課占據大部分時間，解題、解題、不斷解題，老師的數學題庫向來深不可測，幾個板書漂亮的同學常被叫去黑板抄題目，從最上端到最下排，密密麻麻，一個大黑板大約可抄一百多題。

寒暑假也絲毫不得鬆懈，每天二十題放二十天假就是四百題，一天二十題看起來還好，每天花兩三小時就能寫完，但要是貪玩沒有每天寫作業，一下子要寫完四百題，對小學生來說根本不可能，要是返校日沒交作業，災難可想而知。

她曾經寫過一篇文章，叫做〈上數學課的時候〉，曾經被隔壁班教作文的老師當眾誇獎寫得好並登在校刊上，她不記得文章內容了，但那位老師的溫言稱讚，可是讓她心裡暖了好一陣子。

她想起幾位頑皮的男同學，經常被打得淒慘，老師不只一次大罵頑劣不受教，直稱再過幾年就會在報紙社會版看到他們成為犯人的報導。那時她真的常常在報紙上注意有沒有同學的名字，還好，這件事沒發生過。

老師的兇狠模樣令人害怕，卻也讓她懷念。

只要踏上故鄉土地，童時記憶頓時翻湧，鮮明如昨。

思緒一飄回少年時代就停不下來，坐在櫃臺裡的老闆正在講電話，她打了招呼便信步走到展示區。這是記憶中的慶芳書局沒錯，參考書教材為大宗，檯面上也有少量的文學新書、少量的文具。

「啊，妳好，是突然經過才上來的嗎？」老闆笑著問。

「小時候參考書在這裡買的，我讀對面的鹽埕國小。」她亮出同鄉身分。

「謝謝，是老顧客啊，我們這裡還是一樣，賣教材、參考書最多，唉呀，妳知道現在書局不好經營，關很多了啊……」熟悉的書店老闆一開口說話，一股熟悉又親近之情油然而生。

「老闆，我是斜對面靠近瀨南街旁書店老闆的孫女，二兒子的大女兒。」她突然報出身世，把老闆嚇了好大一跳。

「啊啊啊，兩位老人家不是去美國和女兒一起住了嗎？身體還好嗎？」

「他們在很多年前過世了，我爸爸媽媽也都走了，我現在住在北部。」

「啊！妳看起來還很年輕啊，怎麼爸媽這麼早就離開？」她開始述說那一段往事，看起來精神奕奕的李老闆和媽媽同年，正與父母同輩。

「看到李老闆您還這麼健康，真的太好了！」

「妳看看這份資料。」他從櫃臺後方拿出一份《鹽埕埔》的期刊，這是民國八十五年出版的刊物，第一版標題寫的是〈文化重鎮 書香傳家——鹽埕區書店專輯〉。

「我們這個地方，過去的書業非常輝煌，五福四路這麼短短的一條路曾經有二、三十多家書店，還有許多書報攤。過去半世紀前，這個地方是高雄首善之區，集行政、金融、商業、交通樞紐，公園路上的拆船業更讓高雄變成全世界有名的拆船王國，我們慶芳書局，包括人文書局、大眾書局、百成書局、至誠堂書店等等，都是很重要的書店。」

這份刊物記載了許多重要資料，他指著〈鹽埕歷代地圖〉、〈已消失的文化綠洲〉的紀錄，分享許多老書店的原址。

「不僅這幾十家書店，還有很多走在時代前端的潮流商店，整個鹽埕埔真是繁華又熱鬧啊。」

「真的，每次回來走一圈時都很驚訝，以前這裡寸土寸金，現在四處都是懸掛出租的告示，許多店面都關起來了，真是不敢相信。還好這裡還有駁二，輕軌和捷運經過這裡，高雄港和幾個倉庫也整理得很好，都開放了。我小時候從來沒有用雙腳走到哈瑪星和西子灣的經驗，現在已經變成一條適合散步的廊道，愛河畔也一直有很多遊客。來高雄沒走旗津鼓山鹽埕三個地方就等於沒來過，鹽埕埔小吃總是吸引我回來啊。」

慶芳書局老闆點點頭，他仍守著這方書店，等待有緣人上門。

「李老闆，您也要好好照顧好自己喔，下次回來時再來向您請安。」

＊＊＊

玉芬走往愛河方向的一間老旅館，熟門熟路的逕自走向櫃臺，要了一間單人房，囑咐櫃臺給一間離電梯遠一點的房間，她淺眠，一丁點聲響就會醒來。

這是她第一次住進這家旅館，外人不免困惑既是初次入住，怎看起來像常客？

旅館大廳是玉芬小時候鑽進鑽出的地方，她可不是飯店千金，雖然大廳已盡顯老態，然而半世紀前是一般人不敢隨意踏進來的高級場所，小孩自然也不會在二十四小時輪班工作的接待員監視下隨意亂跑。

不論是富商名流或影視名人，來高雄必選此地做為下榻旅館，這間旅館是華王大飯店（註1）。

她進了房間，打開電視，NHK頻道播放著十九號颱風正以前所未有的強風暴雨橫掃關東首都圈，她抬頭看新聞，思緒飄回四十年前。

***

一九七七年，賽洛瑪颱風。

華王大飯店鄰邊的一間小書店裡，有位二十來歲的少婦牽一個小女孩、懷裡還抱著一個小嬰孩，急忙用塑膠布試圖黏住被颱風吹破的玻璃門破口，她手足無措，淚眼婆娑，書店裡只有她獨自對抗風暴，她的丈夫跑船數月還沒回來。

大量的風強行灌入書店空間，門口的雜誌報紙被吹亂一地，少婦忍住淚水，手放開小女孩，把號泣的小嬰兒往地上一放，先擋住風，再拖來幾張較有重量的桌子擋住風口，這樣多少能擋一陣子，她緊緊抱住孩子，眼淚還是不停的流下。

不知過了多久，門外的鬼哭神號總算漸漸平息，待兩個孩子熟睡，她輕輕離開房間，到一樓書店整理碎了一地的玻璃和被吹亂打溼的雜誌和書籍。

這書店滿滿全是英文書，客人幾乎都是高雄港的入港船員和住在華王大飯店的旅客，全是外籍顧客，鄰近店舖也都做外國人生意，每當大船入港時，這一排店鋪滿滿都是外國人潮，海員在海上久了，一踏上陸地便往熟悉的商店跑。

小女孩小玉和鄰居小佩、阿慧是好朋友，佩佩家最靠近華王，她家開畫廊，店裡也接裱褙工作，她常常看見小佩的爸爸坐在畫架前揮舞著看不懂的畫。

阿慧家開冰菓室，騎樓上的橫式招牌寫著各種時髦的餐食，「木瓜牛乳」還特地用小燈箱懸掛在店門口，「可樂」兩個字最大，其次還有純牛乳、阿華田、咖啡、柳橙汁、漢堡、三明治、法國土司和烤麵包。

這些昂貴的洋食中，小玉特別愛吃法國土司。將鮮雞蛋打混，把白土司沾上蛋液，讓土司吸飽液體後，下到煎鍋把土司兩面給煎熟，再鋪上滿滿肉鬆，兩片煎過的蛋土司內夾肉鬆，外層淋上奶油、煉乳和蜂蜜，附上刀叉就能大快朵頤。

阿慧家的生意非常好，外國人非常喜歡這家簡餐店，也常購買餐食，請書店店員們一起分食享用。

除了畫廊、冰菓室和英文書店之外，夾在書店和冰菓室中間的是名叫玉蘭的酒吧，媽媽曾多次警告小玉不可以和裡面的阿姨講話、千萬不要跑進去玩，她雖然好奇，但酒吧的門窗密封且黑暗，怎麼也看不清裡面是什麼。她偶爾看到穿著亮麗前衛、打扮得非常漂亮的阿姨和阿兜仔（註2）進進出出，有時也會看到漂亮的阿姨一個人隨手拎著小包包就往華王飯店走去，小玉趁著店門開開關關之際，窺看酒吧內部，各種形狀的酒瓶排滿整面牆、吧臺邊幾張高腳椅、另一側沙發座位坐了好些金髮碧眼高大洋人和阿姨們在親密的談話，覺得好神祕。

華王對面的新統一是高價位正統西餐廳，鄰近還有一間瑪莉食品，許多美味的麵包與餅乾令小玉總是猛吞口水，媽媽偶爾會買一些帶回家。另一間三葉麵包店，父親極愛他們的日式泡芙，母親多半在三葉買麵包當宵夜和早餐。還有一間高雄清粥小菜，位在華王大飯店正對面，價位不低，然而滷大腸和滷豆腐卻讓她印象深刻。

書店小女孩和鄰居小孩們經常在騎樓及外側紅磚道玩遊戲，有時玩跳格子，有時玩抓鬼，最常玩的是藏鞋子遊戲，一個人當鬼，眼睛先遮住，從一數到十，讓其他小孩去藏鞋子，只要被找到鞋子，遊戲就結束，下一個當鬼的就是被找到鞋子的那個人。

她最喜歡把鞋子藏在華王大飯店大門一側窗櫺邊角，從來沒有被發現過，但藏在這裡有個風險，要是飯店門房發現富麗堂皇的高級飯店門口變成小孩藏鞋的祕密基地，絕對會被罵，說不定還會去和媽媽告狀，到時少不了一頓罵。

她得非常小心，像隻獵食的小貓般在旁邊等待，等那位高大的門房行李員鞠躬恭敬地為客人開啟車門、注意力全放在客人行李時，以迅雷不及掩耳的速度，偷偷把小鞋子擺進那個祕密角落，然後快速奔回同伴身邊，這過程，只要五秒。

藏鞋子遊戲是她人生中第一個和華王大飯店共有的記憶。

等她再大一點，媽媽會差遣她去華王跑腿，有時是幫買書的客人把書送回房間、有時是幫客人寄信，華王櫃臺有個可以投遞信件的信箱；有時，媽媽臨時需要一點外幣，也會叫她去飯店換，但這種事比較少，因為在飯店換錢匯率很差，除非急用，不然一般都會去銀樓兌換。

她總是蹦蹦跳跳從側門進入大廳，有時會鼓起勇氣去推中間的圓形自動門，小孩就是愛玩。

＊＊＊

玉芬環視著華王大飯店裡的大廳，櫃臺和電梯的位置都沒有變，一樓咖啡廳面積有點縮小了，咖啡廳在那個年代經常是用來進行商務客會議或相親的地方，小時候她一次也沒有來過，因為真的太貴了。她曾閱讀過作家朱秀娟的小說《女強人》，描述一位從加工區基層女工做起，一路認真工作而高升為經理人的故事，書裡提起女主角愛在此處吃快速方便的炒飯，在高級咖啡廳吃炒飯實在太浪費，她讀這本書的時候總是這麼想。

她倒是吃過幾次華王樓上的港式飲茶，十多架裝載各式港點的小推車在各行列間經過，蒸籠車上有幾十個大小不一的蒸籠，香氣撲鼻，令人食指大動。在遠東百貨也有港式飲茶，茶樓上百桌的榮景是看不到了，百貨早已停業，原地的建築不復存在，已經改建成新式大樓。

舊樓改建的不止遠東百貨，原是百麒飯店現在改為青旅；日本時代興建的全高雄第一家百貨公司——吉井百貨，是當時最高建築，被親切稱呼為「五層樓仔」也早早改為銀行。

年代，畢竟已經超過半世紀了，再繁華的所在也終有鉛華褪盡的時刻。那個威震南臺灣的時尚街區，主要大街五福四路上標示租售的大型看板四處可見，大新百貨公司、遠東百貨公司、光復戲院、大舞臺戲院、國際戲院等，早已消失無蹤。

結束營業前的華王是四星級飯店，在旅館競爭激烈的高雄，特色民宿和新旅館如雨後春筍冒出，特別是在鹽埕埔，它的價格也很難脫穎而出。但是，華王曾是如此傲人貴氣的旅館啊！玉芬再度環視這間第一次入住的單人房，房間裡滿滿是歲月痕跡，褪色踏平的地毯、老舊的電視和噪音冷氣、小冰箱多處鐵鏽、掉漆斑駁的浴缸和牆壁，與所有老邁的鹽埕埔鄰居一樣，美好的時光早已停在那些年的歲月裡。

註1——華王大飯店已於二〇一九年十月結束營業，原建築轉賣給營建商。

註2——以臺語發音的「阿兜仔」是外國人簡稱，洋人鼻子高挺，故稱阿兜仔。

第拾話

老人

偌大純白空間裡，各種醫療器材閃爍紅綠光芒，每臺儀器聯結無數龐雜混亂的線路，監控並維持脆弱的生命。急診室到處都有人躺臥，若有儀器突然出現尖銳聲響，周遭無不升起肅殺氛圍，白衣醫護穿梭病床間，給管子、打點滴、高聲急促的指示不絕於耳。靠近出入口一側，一個頭部繃滿白色繃帶的老人傷者正被推了進來，滲出大量血跡。

「傷這麼重，很難活吧？」鬧哄哄的急診室裡，陪病家屬們低聲竊竊私語。

一小團稀微淡霧停滯在日光燈管邊角，似乎有一縷看不見的細絲飄飄盪盪隱約與那繃帶傷者相連，然而任誰也沒看出有何異樣。

老人傷者的女兒獨自坐在病床邊不斷拭淚。

怎麼哭了呢？從小叫她要勇敢、要堅強、要獨立，哎，小玉要是男生就好了，若是男生，一定會理解我說的。哎，如果老大是男生就好了。

霧若隱若現灰白閃爍，誰也沒發覺，多半是燈管老舊需汰換新的，不過，也沒人在意這個，急診室裡，生死交關的人生劇碼不斷上演。

老人想不起來為什麼會被送到急診室，只記得騎車去買東西，突然一道白光閃過，一陣劇痛之後，什麼都不記得了。

老婆死了、母親也走了，兩個女兒各有自己的家庭和人生要過，我的人生責任已了。老了，不中用了，我不想過生不如死的日子，不想苟延殘喘，被綁在病床上、被各種管子纏繞侵入身體。真希望能好死，自然而然在睡夢中離開最好。之前講了無數次給小玉、小芳聽，不知她們有沒有把我的話聽進去。老人心念著。

老人不覺得痛，整個人輕盈自在，心情也明亮起來，先回家一趟看看，瓦斯不知道有沒有關，門窗有沒有鎖好？

轉眼間老人已在巡視家裡廚房，他仔細檢查瓦斯桶和門窗，察看電量負荷較大的電器是否確實關上電源。這棟透天老房子是年輕時買的，是一點一滴在船上努力工作得來的房子，待在這個小空間裡就是莫名的安心。雖然鐵窗已生鏽，些微施力輕碰就會崩裂，幸好自己架設的幾個防盜系統還挺有用，小偷入侵，必定會被巨大鈴聲嚇走。

電視又忘記關，年紀大了就是記不住事情，NHK正在播新聞氣象，北海道的風雪真大，以前跑船的時候，若冬天去日本，最怕遇到暴風雪。

浴室也要檢查，阿菊走了之後，時常忘記關浴室水龍頭，耳朵不靈光也聽不見水流聲，被女兒念過好幾次。馬桶一旁龜裂的白色瓷磚牆上，還有一張自己寫的字條——「紀念愛妻阿菊之作」。

阿菊離開後，老人花半個月時間，自己動手換了新的馬桶，她總念念不忘想要坐新馬桶。

但是阿菊已經用不到了，老人嘆了聲氣。

逐一檢查無誤後，稍微安心些，他環視客廳，開始找多年前寫好的遺書。她們會不會來翻看看？我已經把要說的話都寫在上面了，女兒一定要遵循我的意願啊。

老人特意把遺書放在比較明顯的抽屜，布置妥當後鬆了口氣，瞬間又回到醫院，小玉還沒止住眼淚。

他一陣心軟，一股吸力倏地讓淡霧緩緩靠近重傷肢體，床上老人突然艱難地吐出幾個字——

「不要哭，要堅強，對不起。」

「爸，你醒了，我去叫醫生。」小玉飛奔離去，但老人已經沒力氣再吐出第二句話，淡霧瞬間又返回日光燈旁。

聽說人死之前會經歷人生走馬燈，念頭一閃過，他回到十八歲。

＊＊＊

書店二兒子正在店裡踩著木梯爬上爬下，把各種書籍上架，一旁電燈閃個不停也順便換個新的。《TIME》和《NEWSWEEK》最新一期剛剛進貨，每星期的新雜誌總是一大疊，路邊總有三五成群的美國大兵經過，順手拿一兩本，讀讀這世界的變化，就算是遲來的美國報紙，只要一上架，沒多久也會被搶購一空。

一旁大妹正在招呼客人，有個輕浮的大兵想和阿珍攀談，不時有些肢體碰觸，引起阿珍不快。他才想上前阻止，大哥已經先上前去招呼那個大兵，找了個理由讓阿珍離開。

原來大兵想買色情畫刊。

大哥搖搖頭表示沒有，指引大兵去其他可能會販售的地方，讓他快點離開。

樓上，母親烹調中的飯菜香陣陣飄來，一直工作到中午的阿雄，早已飢腸轆轆，但他得忍耐，因為開店的關係，全家不太可能同時吃飯，都是一組吃完接另一組，第一順位是繼父和小弟，第二順位是母親和大哥，第三順位才輪到自己和大妹二妹。

依照輩分本來就該是繼父、母親和大哥先吃，小弟還是小孩子，跟大人一起也沒什麼不對，幸好一大早淑英跑來找他，偷偷塞了自己做的飯糰給他，不然哪能撐到現在。

老人回想起這一幕，不禁鼻頭一酸，又想起淑英。

那時有經濟能力的人都想移民，淑英全家去了日本，附近幾個鄰居也搬到了美國，二妹這麼會讀書，想必過幾年也會去美國深造，留學不成還有其他方法去美國，做什麼工作都行。在老家那一帶，出國的人真不在少數，好幾家書店、鄰居同學都有子孫輩移居國外。他猜得出來為什麼，但還是別說出口，政治很可怕。

他來到最常和淑英在一起看風景的壽山山頂，那些年一起看的風景真美。

淑英現在過得好嗎？起心動念，老人來到橫濱一家老人公寓。

那個婦人，一定是淑英。婦人從書架上拿了幾本書，用他聽不懂的日本話和朋友分享書中內容。

淑英看起來還是很健康，他放心的注視著她。

哎，我來看淑英，阿菊鐵定不高興了。

老人的走馬燈閃過阿菊還沒嫁給自己時，到家裡拜訪的模樣，她在書店四處閒逛，隨意翻閱陳示架上書籍，從後側方看她是那麼與眾不同；坐在客廳舉手投足間如此清麗可人，笑容可掬，兩個妹妹一直纏在阿菊身邊問東問西，那一瞬間完全未想起淑英，就是那個時刻，不是已經下定決心忘了淑英嗎？

阿菊第一次和自己去阿里山旅行時，已經論及婚嫁，在阿里山森林小火車前拍照，阿菊的笑容好美，她處處為我設想，替我舒緩與母親的緊張關係。

這些我都知道，但是為什麼我對阿菊這麼冷漠無情，明明她是一個很愛自己的妻子啊。

阿菊，我真的對你不好，來世，妳一定要幸福。老人閉起雙眼喃喃祝禱。

他睜開眼睛，瞬間移動到義永寺，輕巧避開寺前神明，繞過前殿來到後方納骨塔，阿菊的骨灰罈位旁是自己預留的空位。他喃喃自語，我很快就要進來了。

「爸！爸！」從很遙遠的地方，傳來幾聲叫喚，一定神，回到醫院，是二女兒在喊她。小芳和我的脾氣個性最像，最掛念的人，應該還是她吧。

「姊，爸怎會車禍了？」玉芳對玉芬問。

「那天爸說要出去轉轉，我看他心情挺好的，他本來就會每天出門逛逛兜兜風，出去透透氣，沒理由不讓他出門，沒想到就撞上橋墩。妳趕快多喊他幾聲，妳看妳一喊爸，血壓就上升了一些。」

「爸！爸！你快醒醒！」玉芳的尖聲呼喊，讓老人想起自己的母親。

他看見年輕貌美的母親牽著自己，揹著大妹，在臺中公園裡，母親輕輕笑著，一旁的軍人不時會摸摸她的臉，輕輕拍打母親肩膀。

這個記憶怎會還在？都過了六十多年，不是告訴自己了嗎，母親在這麼艱困的時代裡，把我們拉拔長大，再怎麼樣都是我的媽媽，更何況，三個月前母親已經過世了啊。

瞬間，在燕巢附近的墓園，他跪在母親墳前低聲哭泣，一旁的小黑狗仰天鳴叫，似乎理解他的哀傷。

＊＊＊

「妳爸爸重度昏迷好幾天了，不太樂觀，如果不開刀，可能要考慮後事了。」

「醫生，我爸多次和我們說過，日後要是有什麼身體狀況，順其自然就好，不要做任何侵入治療，你可以讓他不要痛苦，緩和醫療就好嗎？」

「如果妳們的意願是這樣，我只能消極處理，病況是否好轉無法保證，在加護病房幾個星期、幾個月以上的情況也是不無可能。醫院是救人的，是醫治生命，不是等死，妳們再想想。」醫生說。

兩姊妹一時語塞，不知如何是好。

「我會簽社工師來和妳們談，抱歉，不是懷疑妳們，醫院有醫院的規矩，也不是沒有遇過一些離奇的事情，家屬別有意圖，例如身故保險金之類。」

「保險金？我們沒想過這個！我們不要錢，只是希望能遵循父親的意願。」

「我只管治病，其他的事妳們和社工師談。」

兩姊妹瞠目結舌看著醫生，不積極治療就會被誤解別有企圖？

「我不要進加護病房、我不要動手術，妳們有沒有聽見！」淡霧閃爍急促，老人用盡力氣大喊，但任誰也沒有聽到。

老人不斷聽到醫生和護理師勸說，他看著兩個女兒六神無主的模樣，聽從父親交代、還是聽醫生的？他凝視著小玉和小芳，兩個女兒已經獨立了，但遇到這種生死交關大事，又有誰能果斷決定？心裡一嘆，妳們要是男生就好了，男生應該會好一點吧。

「那插鼻胃管灌食一定要。」一旁資深護理師說。

「不要！」老人突然清醒大喊，他睜大眼睛控訴，三秒後又失去知覺。

兩姊妹驚見父親面容突然浮現驚恐模樣，不禁大哭。

「爸，對不起，對不起。」

傷者老人血壓立時又向下探底。

＊＊＊

一睜開眼，老人看見年輕的自己正在書店裡和阿菊一起工作，他把新書搬上架，「啪——啪——啪——」打字的聲音不絕於耳，店員阿珠專注打字，仔細核對書名和價格是否有誤，小玉蹲坐書櫃一旁專心看厚厚一本《三國演義》，小芳則在一旁畫圖。

這兩年生意大不如前，鹽埕埔也沒以前熱鬧了，正考慮是否把書店先暫時收起來，小芳的氣喘越來越嚴重，常常跑醫院掛急診，應該要好好照顧女兒，自己也想休息一陣子，再考張執照，阿菊也覺得可行。

那兩年，是家庭和樂的兩年，阿菊終於有一個家庭主婦的樣子，也是我夢寐以求的家庭生活模樣，安靜生活，恬淡自得，穿過一大片翠綠農田散步到幼稚園接小芳放學回家，騎車到大貝湖和阿菊走走散心，這樣，多美好。

***

「姊，昨天我聽到爸爸對護理師說，不要麻煩了，不要救了。」玉芳對來接班的玉芬說。

「只醒過來一分鐘，又昏迷了過去。」

「我昨夜翻了一下爸爸的書桌，找到他幾年前寫的遺書，我放在餐桌上，妳回去休息時看一下。」玉芳應了一下，收拾行裝，把看顧工作交代給玉芬。

玉芬今天帶來嬰兒乳液，她想起自己遺傳了爸爸的皮膚，很容易乾裂，父親不管什麼季節都必須擦身體乳液，否則嚴重時，甚至會有乾裂到出血的狀況。

「爸，我昨天找到你的遺書了，寫得很清楚，我知道你的意思了。你如果想離開這個人世，那就安心去吧，你交待的事我會辦好的；可是如果你想多活幾年，像你老是說如果媽可以多活幾年就好了，那我會搬回來和你一起住，你自己決定，我都尊重。」

玉芬雙手沾滿乳液，輕柔按摩父親乾裂的身體，一反多日六神無主的表情，冷靜的對父親說話。

「我不要救治，生命一切自然，與孩子們的孝不孝順或遺棄均無關。」——他想起一年前他在遺書上補上了這句。人類應該順其自然，該生就生該死就死，不應有外力強求，自己要有百分之百的身體自主權，出生無法控制，人生的最後一哩路，自己應該有權利掌握（註1）。

淡霧輕輕飄過小玉髮際，彷彿低聲謝謝女兒貼心，女兒也不錯啦。

老人轉念再度回家，遇見二女兒讀著遺書掉淚的模樣，他輕輕碰觸了小芳，妳太像我了，會很辛苦，爸爸這輩子沒能為妳做到什麼，對不起，妳要堅強，我走了。

醫院裡那團霧越來越淡，日光燈管旁什麼也沒有剩下。

也沒有人發現。

註1——《病人自主權利法》已在民國一〇九年立法，依安寧照顧基金會解釋，《病人自主權利法》是臺灣第一部以病人為主體的醫療法規，完整保障病人自主權利、病人醫療自主及自主善終權益，也能增進醫病關係和諧。

——那時代的書店，停下來了，然而它會化為其他形式，繼續前進。

父親過世後，我興起了在現居地附近開一家小書店的念頭，以往多次接受媒體受訪，我都會提到這間小書店有童年的回憶。父親二月過世，隔年二月南崁小書店開始營運。

這本書，雖定調為虛構小說，或許也可以視為南崁小書店的前傳吧。

父母離世，脫離了被叮嚀呵護的階段，我的人生開始進入新的旅程，有了不一樣的轉折，開了一家小書店，看到不一樣的風景。開書店從來不是人生選項，或許是遺傳自船員父親，天性不愛受束縛，二十多年前自助旅行還不那麼盛行的時候，便喜歡一個人到世界各地流浪，我應該很難適應天天都要開店的生活。早年的書店雖說能聘請多位店員，生意好得不得了，但是也很有壓力，偶爾會聽到書店的營運狀況，遇到不講價的客人慶幸賺到；遇到殺價特別兇的客人買賣不成時，還會偷偷跟在後面看那人去哪裡買書。

母親過世十一年後，似乎已經有勇氣整理自己的情緒。雖然過了這麼久，是不是早該雲淡風輕了，然而父母仍不時入我夢。本書進入最後一次修改時，夢見了母親，夢見我四處找她而焦慮。

經常自問初衷，為什麼要寫這個故事。

答案是，想記錄過往時光，想牢牢記住那段已經靜止的歲月。

過往不見得都是美好，人生即將邁入第四個本命年，現在寧可只想記住好的過往，若有痛苦、憤怒、悲傷、恐懼，就忘了吧，我不願記起。

一出生被抱進的第一個地方是書店、成長過程一直在書店、休閒娛樂必在書店裡看書買書，若是二十年前預言自己會開家小書店，還寫以書店為題材的小說，我鐵定會大笑說不可能。

大約五六年前，已經與逗點的總編輯夏民有過多次討論，希望能把故事寫出來，書名取好是《消失的書店》，大綱都擬好了，然而真要寫這麼一本書，難免碰觸一些感傷往事，即便故事是虛構，內容也必然偷藏許多真實情感，借虛構之名行抒發之實。一開啟潘朵拉之盒就心痛，我以書店雜事太多、太多案子要執行，避免和往事接觸，連回鄉祭拜也是幾小時匆匆來回。《消失的書店》就這麼耽擱下來，真的變成了《停下來的書店》。

二〇一九年末，決定暫停桃園的實體書店營運，讓身心靈喘口氣，二〇二〇年初疫情爆發，正是梳理腦袋裡記憶的最佳時機。我打開了多年不曾開啟的舊紙箱，一張一張泛黃的老照片、一張一張父親的各種輪船執照、各種證書、父親字跡、母親的日記和遺書、與姑姑的書信往來……讓我記憶裡的形象更加鮮明，那個時代的人們是怎樣的生活，我從老照片、有限的歷史述書籍裡，試圖以文字堆疊那個時期、那個時尚街區、那間書店的故事。

祖父母家的書店叫「人文書店」，位在五福四路與瀨南街交叉口附近；伯父母開的書店是敦煌書局的前身；我父母開的書店時間最短，搬過家，兩地各有幾年時間，印象中叫「統一書局」及「文統書局」，位於華王大飯店附近，分別在一九七〇年代及一九八〇年代中期結束營業。

這本書不是個人家族史，頂多是小說人物的原型、靈感構想的來源。

鹽埕曾是如此風華絕代，曾經有過豐富的過往，僅僅只是方圓幾百平方公尺的彈丸之地，有數不清的燈紅酒綠與嚮往五光十色的人們、有密集的戲院與書店、是高雄百貨業的緣起、是接觸國外世界的前哨站，是早期高雄人文藝術之地。我出身鹽埕埔，深深為此感到自豪。

書中歷史背景是真實的，所描述的風景及地點也都是存在的，美國大兵來過、貨櫃船、美國艦隊、新加坡軍艦停留過高雄港；酒吧、戲院、書店、教會、幼稚園、銀樓、鞋店、布莊、百貨公司、冰菓室、小吃攤、西餐廳、旅館等都曾經風風光光存在過。我查閱相關文獻與書籍，期盼在真實歷史背景下，描繪出一九六〇年至一九八〇年中期，鹽埕埔沒落前的人文足跡。

當然，我並非要呈現完整的鹽埕近代發展史，敘事範圍仍以五福四路、七賢三路、瀨南街、新樂街、大智街、大勇路這一帶範圍為主。我著重的還是書店的生活場景，還是在五福四路上。書店模樣、店內工作場景、船員客人來訪、書店熱絡的交易情況、小童工在鹽埕埔四處趴趴走，都是實際發生過的記憶，我盡可能還原書寫，將目前還存在的店家毫不吝惜與讀者分享。

至於人物，阿雄和阿菊以我的父母為原型、小玉和玉芬是同一個人，是以作者本人為原型。愛麗絲是虛構人物，吧女身分在鹽埕埔是不能被忽略的職業，書寫中也常與琴棋書畫精通、賣藝不賣身的古代名妓意象重疊，到了現代改成精通數國語言，喜歡閱讀，還能談英美文學；不變的是，仍是天涯淪落人。

末章是老人臨終前的故事。我遭遇過幾次親人臨終瀕死前的時刻，偶爾清醒過來時候都會說某某人來接他了、去了某某地方，然後再次沉沉入睡。人過中年後常思考有關善終這件事。在過去，尊重生命自主權的觀念還沒那麼熟悉，直到《病人自主權利法》實施，作家瓊瑤寫下給兒子的遺書之後，引起了一陣熱門話題，讓我再次深入瞭解相關議題。每個生命個體應該都擁有身體自主權，在生前決定好，讓人生最後的決定在法律上也有效力，避免家人天人交戰，甚至背負不孝的罪惡感。如果讓我重新經歷一次，還是會遵照父親遺願，讓他決定自己的死亡方式，安心走過這世人生。

最後，書裡與人有關的情感及所發展出來的故事情節，一時也說不清到底哪些是真的，哪些是假的，請讀者一律視為小說裡的虛構人物、是虛構的情感，是作者想像出來的故事就好。

人生本來就是戲，看戲看小說都是。

感謝

插畫家吳欣芷為這本書畫下珍貴記憶的地圖。

參考書目

01 鄭水萍 等作（一九八八）《戀戀鹽埕，高雄鹽埕的風華紀事》（臺北市：謝長廷基金會）

02 陳怡瑄 執行編輯（一九九八）《塩埕紀事》（高雄市：高雄市立中正文化中心）

03 鄭德慶 總編輯（二〇〇一）《看見老高雄》（高雄市：高雄市政府新聞處）

04 杜劍鋒 著（二〇〇二）《物換星移話鹽埕》（高雄市：高雄市文獻委員會）

05 徐美珠 主編（二〇〇二）《歷史高雄影像專輯（一）》（高雄市：高雄市歷史博物館）

06—周盟桂 撰文，鄭德慶 總編輯（二〇〇四）《高雄老明信片》（高雄市：高雄市政府文化局）

07—柯耀源、鄭敏聰 撰文，史乾佑 等攝影（二〇〇四）《高雄市古蹟及歷史建築》（高雄市：高雄市政府文化局）

08—鄭梓、王御風 著（二〇〇八）《鏡頭下的城市記憶影像篇 2——從老照片看高雄的變遷》（高雄市：高雄市歷史博物館）

09—謝一麟、陳坤毅 著（二〇一二）《海埔十七番地——高雄大舞臺戲院》（高雄市：高雄市政府文化局、春暉出版社）

10—王御風 著（二〇一三）《高雄社會領導階層的變遷》（臺北市：玉山社）

11——林佩穎、李怡志 著（二〇一四）《港都人生：鹽埕市井》（高雄市：遠足文化）

12——謝明勳 著（二〇一五）《從臨港線到水岸輕軌：高雄港市鐵道與產業120年軌跡》（高雄市：高雄市歷史博物館）

13——王繼維、李怡志、林不理、邱承漢 等著（二〇一六）《鹽埕水上人家》（高雄市：參捌地方生活）

14——曾國鈞 編輯（二〇一八）《鹽埕微醺——七賢三路酒吧街的風塵韻事》（高雄市：參捌地方生活）

參考期刊與雜誌

01——《高雄文獻》第三十二、三十三期（一九八八）（高雄市：高雄市文獻委員會）

02——《鹽埕埔》第三期（一九九六）（高雄市：國立中山大學公共事務管理研究所）

03——《西子灣：話說柴山與西子灣的故事》（二〇一八）（高雄市：高雄市柴山西子灣觀光文化協會）

04——王御風／〈從吉井百貨到漢神巨蛋——看高雄百貨公司的發展〉《高雄畫刊》（二〇〇九）（高雄市：高雄市政府新聞局）

05——〈高雄大街小巷——鹽埕老戲院成歷史〉《高雄畫刊》（二〇〇八）（高雄市：高雄市政府新聞局）

參考網站與社群媒體

BLOG—三餘書店。高雄故事
BLOG—偏門研究員KUN
BLOG—打狗高雄—歷史與現在
BLOG—記憶高雄—打狗在地故事館
BLOG—臺灣回憶探險團
BLOG—臺灣工業文化資產網之〈港埔拆船往事〉
BLOG—哲生原力
FB—張哲生
FB—打狗文史再興會社
FB—高雄老照片
FB—鹽埕真好
FB—鹽埕研究所

言寺76

作　　者　夏　琳
總 編 輯　陳夏民
責任編輯　達　瑞
封面設計　萬亞雰
內文版面　adj. 形容詞

出　　版　逗點文創結社
地　　址　330 桃園市中央街 11 巷 4-1 號
信　　箱　commabooks@gmail.com
電　　話　03-335-9366
傳　　真　03-335-9303

總 經 銷　知己圖書股份有限公司
臺北公司　臺北市 106 大安區辛亥路一段 30 號 9 樓
電　　話　02-2367-2044
傳　　真　02-2363-5741
臺中公司　臺中市 407 工業區 30 路 1 號
電　　話　04-2359-5819
傳　　真　04-2359-5493

製　　版　軒承彩色印刷製版股份有限公司
印　　刷　通南彩色印刷有限公司
裝　　訂　智盛裝訂股份有限公司

I S B N　978-986-99661-2-2
定　　價　350 元

初版一刷　2021 年 1 月

國家圖書館出版品預行編目（CIP）資料 ｜編輯／夏琳 作 .—— 初版 .
—— 桃園市：逗點文創結社 2021.1　288 面；12.8×19 公分（言寺；76）
ISBN 978-986-99661-2-2（平裝）　863.57　　109018128

停下來的書店

停下來的書店

夏琳